충청도 마음사전

박경희 글 * 김동선 그림

써레질 끝난 논을 하염없이 바라봤다.
바람이 논물을 다독였다.
바람을 타고 구름이 흘러갔다.
그렇게 흘러간 세월 속 모든 분께 두 손 모은다.

2023년 찔레꽃머리, 명천에서
박경희

* * *

차 례

고래 등 타고 둥둥 떠다니는 꿈

* * *

* * *

2부

졸음까지 데리고 온 장날

* * *

* * *

3부

만장이 파란 하늘에 펄럭였다

* * *

* * *

4부

그래도 우린 살아간다

* * *   ·

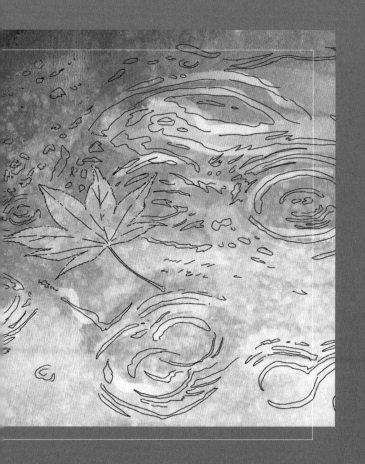

1부

고래 등 타고 둥둥 떠다니는 꿈

가을
가싫, 가읋, 가을

　가을비는 적게 내리는 게 좋은데 사흘째 주룩주룩 내렸다. 온
동네 벼 바슴해야 하는데 한숨도 비처럼 같이 내렸다. 그렇게 내
린 비에 젖은 곡식을 말리는 일도 쉽지 않았다.

　동네 가을은 늘 바쁘다. 벼 바슴 한창일 때 들깨 바슴으로 도
리깨가 빙글빙글 돌아가고, 도리깨가 돌아갈 때, 감 따느라 여기
저기 바지랑대 휘청거린다.

　아부지는 농부였다. 모심는 것도, 벼 바슴하는 것도 동네에서
가장 빨랐다. 무엇이 그리 바쁜지 새벽부터 저녁까지 논밭으로
계절을 타고 다녔다. 그중 아부지의 가을은 아람 벌어진 밤나무
처럼 벼 바슴이 끝날 때까지 가시가 날카로웠다.

벼 베는 날은 전날부터 낫으로 가돌림을 하고, 콤바인이 제대로 들어오는지 확인하고 또 확인을 했다. 벼 수확이 끝나면 논을 돌아다니며, 미처 쌀가마니에 들어가지 못한 나락을 호랑(호주머니)에 넣어 오기도 했다. 아부지가 심은 나락은 하나하나가 우주고 생명이었다.

그렇게 벼 바슴이 끝난 논바닥을 훑고 돌아오면, 말린 들깨를 탁탁 털었다. 그러면 가울 냄새가 담장을 타고 집 안으로 들어오는데, 그 냄새에 홀려서, 그 냄새가 가울 냄새인 것처럼 괜스레 가슴이 콩닥거리기도 했다.

서리가 내리고 가울이 있는 대로 깊어지면 서리태를 거둬들이는데, 일 많은 가울이 싫어서 미적거리다가 통박을 듣기도 했다.

그물망에 거둬 온 서리태를 넣고 잘 마르게 놔뒀다가 콩 껍데기가 터지면 작대기로 털었다. 사정 봐주지 말고 때리라는 아부지 말에 신나게 때렸다가 밤에 어깨 아파서 파스를 붙인 적도 있었다.

앉아서 즐기는 시골이 아니다. 몸으로 기어서 몸으로 비벼서 몸으로 열매를 맺는다. 가울은 그 열매를 한층 더 달게 한다.

가의

개

동네 병원에 광순이라는 개가 있다. 의사와 같이 사는 개인데 강아지인 것도 같고, 이미 다 성장한 것 같기도 하다. 어떤 종인지는 잘 모르겠고 손끝부터 팔꿈치 정도로 털이 부숭부숭한 것이 어쩔 때는 귀엽기도 하고, 비장한 것 같기도 해서 도통 종잡을 수 없다.

한번은 몸이 아파서 병원에 갔는데, 광순이가 엘리베이터 앞에 앉아 있었다. 인사를 해도 받아 주지도 않고, 빤히 엘리베이터 문만 바라봤다. 옆에 주석리 할머니가 엘리베이터 버튼을 누르고 문이 열리자 광순이는 꼬리를 치켜들고 안으로 들어갔다. 그러고는 가만히 서 있다가 다시 문이 열리자 너무나 당당히 병원 안으로 걸어 들어갔다.

"옴마, 저 가의 좀 봐라. 이걸 타고 가네."

주석리 할머니가 광순이를 보고는 혀를 찼다. 처음에는 그냥 사람 따라 탔구나, 했는데 그것이 아니었다.

어느 날 광순이가 사라져 한참을 찾아다녔다는데, 알고 보니 똥이나 오줌이 마려우면 엘리베이터를 타고 내려가 아무도 안 보는 장소에 가서 시원하게 마무리하고 온다고 했다. 병원 안에는 잘 들여보내지 않는데, 한번씩 암행 순찰을 하는 것처럼 엘리베이터를 타고 몰래 든다고 하니 웃기지도 않을 일이다.

"아따, 가의가 사램보다 낫구먼. 내 새끼가 저 가의맹키로 앞 뒤 분간만 잘허믄 이제 죽어도 여한이 읎을 텐디……."

한숨 섞인 주석리 할머니의 중얼거림이 병원 접수실 공기 청정기의 바람처럼 서늘하게 와닿았다.

갈롱

재간 있게 능청스럽다

노인 회관 앞을 지나가는데 창동 할아버지와 정송리 할아버지가 한참 동안 종자 얘기를 하셨다. 날도 호박잎 고꾸라지게 더운데, 도깨비뜨물(막걸리) 거나하게 드시고는 열을 올렸다.

"접때 맹석이 차 타고 가는디 글씨 옥수수밭에 커다랗게 강원도 찰옥수수 써 있더만. 혀서, 맹석이보고 차 좀 세워 보라고, 우덜 꺼허고 비교나 해 보려고 혔지. 한데 나보다 덜 묵었나 싶은 냥반이 나오는 겨. 그라고는 따박따박 반말로 얼마치 줄까, 허드라고. 혀서, 만 원어치만 달라고 혔지. 나는 찰옥수수가 저장고서 나오는 줄 알았드만 글씨, 그 냥반이 옥수수밭에 들어가더니 거서 따오는 겨."

"잉? 그게 강원도 옥수순 겨?"

"오찌케 사람 말을 끊구 그랴. 끝꺼정 들어 보랑께."

"혀."

"그 냥반헌티 강원도가 여그 있는 줄 몰랐다고 혔지. 그라니

14

께 그 냥반 허는 소리가 저짝 강원도 홍천에서 종자를 가져와서 충청도에 뿌렸다고, 종자가 강원도니께 이 옥수수도 강원도 찰옥수수 맞다는 겨. 듣고 보니께 그 말도 맞는 겨. 혀서, 나가 한마디 혔지."

"뭐라 혔는디?"

"나는 김해 김씨인디 종자가 김춘추라 신라에 살어야 허는디 어째 흘러 흘러서 백제꺼정 왔다고, 종자는 신라 왕 종자니께 담에 만날 때는 반말 턱턱 허지 말고 왕으로 대접혀라 혔지."

두 분 이야기에 가다 말고 큭큭 웃고 있는데 창동 할아버지가 손짓을 했다.

"거서 뭐 허남? 집 가기 구찮으믄 와서 왕 종자랑 한잔허든가."

창동 할아버지의 갈롱에 집에 가다 말고 한참 웃는 더운 날이 있었다.

강재미

가오리 새끼

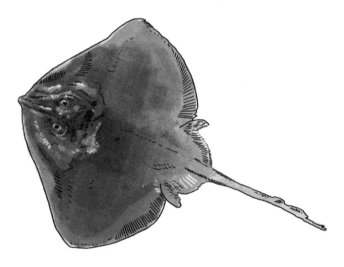

강재미는 구이나 회, 찜으로 해 먹으면 참 맛있는 생선이다. 특히 토막 낸 강재미를 막걸리에 주물러 무침을 하면 다른 것에는 눈이 돌아가지 않는다.

바닷가 근처에 강재미 회무침을 아주 잘하는 집이 있었다. 그집 주인 할머니는 욕을 엄청나게 잘했다. 있는 욕, 없는 욕, 만든욕, 어디서 주워 온 욕까지 하나 보탬도 뺌도 없이 있는 그대로잘했다.

그 집은 옛날 집으로 다 쓰러질 듯 위태롭게 앉아 있는데, 바닷바람이라도 세게 부는 날이면 집 전체가 몸을 트는 것 같아서 여간 불안한 것이 아니었다. 그런 집에 도깨비가 있는지, 강재미 무침 하나로 대박이 났는데 차진 욕도, 허름한 욕도 잘 버무려서 내놓으면 사람들이 줄을 서서 기다렸다가 먹었다. 그런데 그 힘을 빌려서 썼는지, 아니면 도깨비가 길 건너 칼국숫집으로 갔는지 모르겠으나 허름해서 더 마음 갔던 그 집을 넓히고 새롭게 지으면서 손님이 점점 줄어들었다. 맛은 변하지 않았으나 가게는 썰렁했고, 주인집 할머니는 따개비처럼 바닷가에서 떠날 줄 몰랐다.

경건이

건건이, 반찬

"경건이가 이것뿐인 겨?"

"생선 대가리 하나 읎는디 젓가락은 뭣 하러 놓남?"

"아따, 풀때기가 밥상헌티 절혀야겄구먼."

"어라! 아츰에 본 걸 또 보네."

지금 시대에 이 소리를 듣고 참을 아내도 없고, 밥을 차릴 아내도 없다. 무슨 벼슬아치인 양 명칠이 아버지는 밥상만 차리면 군소리를 내놓았다.

명칠이는 나하고 띠동갑인데, 그런가…… 암튼 나보다 나이가 많은 오빠인지 삼촌인지 그런 명칠이었다. 어른들이 명칠이라고 부르니 어린 나도 같은 목소리로 명칠이라고 불렀다.

명칠이 아버지가 삼대독자라는데, 명칠이 어머니 시집와서 명칠이 하나 낳고 살았다. 명칠이 아버지 곱게 자라서 먹는 것도 고왔는데 말하는 입은 곱지 않았다. 특히 밥상 앞에서는 더했다.

한번은 명칠이네 집 앞을 지나가는데 오만 가지 말이 쏟아져 나왔다. 어린 내가 듣기에도 참…… 만약 울 엄니한데 그런 투정을 부렸다면, 먹던 숟가락으로 머리통을 여러 대 맞고도 한 일주일은 밥을 못 먹었을 것이다.

"오째, 밥상에 올라온 게 죄다 이 모냥인 겨? 나가 이런 대접 받을라고 이 땅에 태어난 게 아녀. 울 엄니도 날 이리 키우지는 않았당께. 한데, 니가 뭔디 나를 이리 푸대접을 허는 겨? 최소한 으루 비계 달린 괴기라두 올라와 있어야 헐 꺼 아녀? 돈 벌어다 주믄 뭐 혀. 서방을 개새끼맹키로 여기는디. 12첩은 못 돼도 9첩은 되어야 쓸 거 아녀? 이 겅건이 너 혼자 다 묵어라."

풀때기면 어떻고 말라비틀어진 고사리면 어떤가. 순하게 잘 웃고 잘 보듬어 주는 명칠이 어머니 같은 분이 있는데. 참말로 명칠이 아버지는 당신 아내를 자기 어머니로 생각하는 듯했다. 아내는 어머니가 될 수 없다. 오냐오냐 밥물림을 하거나 밥숟가락에 생선 가시 발라 입에 넣어 주는 이는 어머니뿐이다.

고드름

고드름, 고드래미, 고드루미

그러잖아도 무릎 수술로 걷는 게 서툰 군산댁 할머니가 눈이 살짝 내려 미끄러운 길을 아슬아슬 지팡이 짚어 가며 경로당 가신다. 세상 모든 시름이 길바닥에 있는 것처럼 한 숨과 두 숨을 몰아쉬며 더듬더듬 가신다.

군산댁이라고 불리는 할머니는 무서운 분이다. 말을 잘못 섞으면 본전도 못 건진다. 자식을 여덟이나 낳고 막내로 한 명을 더 낳았는데, 바로 태어나지 못했다. 아기 때부터 몸을 트는 뇌성 마비였다. 몸 성치 않은 아이를 낳았다고 할아버지한테 있는 구박, 없는 구박, 빌려다가 쓰는 구박까지 다 받은 할머니. 자신이 몸 관리를 잘하지 못해서 안쓰럽고 불쌍한 아이를 낳았다고, 스스로를 탓했던 군산 할머니. 그 아이를 안고 저수지에 빠져 죽으러 들어가다가 할아버지 손에 끌려 나온 지난 세월이 깍짓동으로 묶여 있다.

군산댁 할머니는 겨울을 유독 좋아한다. 눈이 내리면 하던 일

을 멈추고 빤히 밖을 보며 좋아한다. 그 모습이 아이 같고 열여
덟 소녀 같았다.

　장대추위가 온 어느 날, 할머니 댁 처마에 긴 고드름을 보고
마음의 소리가 툭 튀어나왔다.

　"오째 고드름이 저리 긴 겨. 장군 칼이네. 할머니 칼인가?"
　"그려, 나가 키우는 고디름이다!"

　헉, 할머니 목소리에 두꺼운 옷을 입었는데도 팔에 털이 가시
시 일어났다.

"저 고드름뿐인 줄 아남? 뒤꼍에 저그보다 더 질고 커다란 고드름이 여러 갠디 볼 텨?"

할머니 손에 이끌려 뒤꼍으로 가서 보니 커다란 고드름이 땅과 맞닿아 있었다.

"오뗘? 죄다, 나가 키운 겨."

할머니 눈을 보니 별처럼 반짝거렸다. 마치 당신이 직접 키운 고드름인 것처럼 할머니 마음도 투명하게 반짝이고 있는 것 같았다. 햇빛이 닿으면 녹아 없어지겠지만 반짝이는 인생은 찰나, 라는 생각이 지붕 위에 눈으로 쌓였다.

고래구멍

아궁이, 고래구녕

　배시감(술잔 모양의 감)이 주렁주렁 열린 할머니 댁에는 시커 먼 주둥이를 한껏 벌린 아궁이가 있었다. 젖은 양말을 말리다 보 면 발 냄새 같은 연기가 나왔는데 까무룩 졸다가 머리카락이 타 서 깜짝 놀라기도 했고, 젖은 운동화를 말리다가 태우기도 했다.

　된바람이 부는 날, 어린 사촌들이 한데 모였다. 우리는 아궁 이에서 숯불을 긁어내어 그 속에 고구마와 밤을 던져 넣었다. 그렇게 두런두런 이야기를 하다 보면 시간은 아궁이가 딸꾹딸꾹 받아먹었다.

고구마 굽는 냄새가 스멀스멀 올라왔다. 잠시 후 눈이 덜 까진 밤이 퍽퍽 터지는데, 눈 맞으면 안 된다고 아궁이 근처를 다 피했다. 그런데 쭈그리고 앉아 불멍을 하던 사촌 동생이 미처 피하지 못하고 튕겨 나온 뜨거운 밤에 이마를 맞았다. 깜짝 놀라 뒤로 자빠졌는데, 하필이면 불 달아오른 부지깽이를 붙잡았다. 이마는 아프고, 손은 데고 울음소리가 부엌이 떠나가도록 컸다.

"고래구멍 앞에서 뭣들 허는 겨? 자는 왜 그려?"
"밤 터져서 이마에 맞았는디."
"근디 손은 왜 그려?"
"뒤로 자빠지다가 부지깽이를 잡았는디 불에 달궈진 거라서 데었어."
"난리 났구만. 언능 오소리 지름 발라야겠네. 니들은 언능 방으로 들어가고."

할머니 말 한마디에 어수선했던 한바탕은 방으로 쏙 들어갔다. 그리고 부엌이 조용해지자 기다렸다는 듯이 다시 살금살금 아궁이 앞으로 모이는데, 그 모습이 아직도 동화 같아서 문득 생각나면 슬며시 웃음이 나온다.

방고래의 구멍. 지금도 꿈을 꾼다. 시골 작은 집을 얻어 고래 구멍에 불을 넣고, 안방에 누워 몸을 지지며 깊은 잠을 자는 그런 꿈을. 고래 등 타고 둥둥 떠다니는 꿈을.

고망쥐

생쥐

"오째 췽일 밖으로만 나가쌌는 겨? 밖에 첩이라도 둔 겨? 뒤쫓
아 가 보믄 고망쥐맹키로 잘도 숨더만. 도대체가 뭐 땜시 목구녕
에 밥 들어가믄 나가는 겨? 잉? 자슥이 아파서 소리 질러두 나가
는디 오째 그런 겨? 뭐 땜시 누굴 만나러 나가는지 야그 좀 해 보
라고!"

약이 바짝 오른 순겸이 엄니가 대숲이 일렁이도록 소리를 질
렀다. 집 뒤꼍을 지나가던 고양이가 소리 나는 쪽으로 잠깐 고개
를 돌리더니 그대로 자기 갈 길로 갔다.

순겸이 엄니는 두부를 만들어 장날에 나가 팔았다. 콩 농사는
순겸이 아부지가 짓고, 그 콩으로 두부를 만들었다. 순겸이네 집
앞을 지날 때면 두부 냄새에 괜스레 배가 고파지기도 했다.

순겸이 아부지는 농사 빼고 하는 일이 없었다. 순겸이 엄니가

도와 달라고 하는 일만 열심히 했다. 다른 일에는 관심도 없었다.

한번은 아닌 밤중에 홍두깨라고 순겸이 집에 난리가 났다. 한밤중에 천장을 다다다닥 뛰어다니던 고망쥐가 잠을 자고 있던 순겸이 얼굴로 뚝, 떨어졌다. 그런데 고망쥐는 작기나 하지, 뒤이어 손바닥만 한 쥐가 연타로 떨어졌으니, 순겸이 자다 말고 소리를 지르고, 온 동네 개들도 따라서 짖어댔다. 옆집 사람들도 순겸이 소리에 놀라 속옷 차림으로 뛰어나왔다.

"뭐 혀? 잡으라고! 사내가 돼 가지고 쥐새끼 하나 못 잡고 뭐 허는 겨?"

순겸이는 소리 지르며 울고, 순겸이 엄니는 순겸이 아부지한테 소리 지르고, 순겸이 아부지는 고망쥐가 무서워 밖으로 뛰쳐나왔다.

다음 날, 고망쥐 얘기가 동네 굴뚝에 피어오른 연기처럼 떠돌아다녔다. 그 사이로 순겸이 아부지도 순겸이 엄니 목소리를 뒷짐에 얹은 채 집을 나섰다. 순겸이 아부지가 어디를 가서 누구를 만나는지 또 무슨 일을 하는지 모르지만, 매일 순겸이 엄니 목소리가 터지는 것을 보면, 분명 순겸이 아부지에게는 중요한 일일 것이다.

굴삐
굴 껍데기

진포리 앞에는 갯바닥이 펼쳐져 있다. 물때를 잘 맞추면 어지간히 먹을 것은 잡아 온다. 하지만 어업에 종사하는 사람들만이 뻘에 들 수 있다. 모든 생을 뻘과 함께하고 있는 주민들은 당신 논과 밭을 아끼듯 바다를 아끼고 보살핀다. 종패를 뿌렸을 때는 절대 바다에 들지 않는다.

진포리 할머니는 굴삐 깐 굴을 장에 내다 판다. 손가락은 이미 류머티즘으로 휘어졌어도 굴삐 까는 솜씨는 마을에서 따를 자가 없다. 할머니 손은 밴드투성이다. 굴삐에 긁혀 난 상처가 많다. 서해 바람이 거친 만큼 손도 거칠 수밖에. 겨울이면 살갗 터진 손을 빠르게 놀리며 조새로 굴을 딴다. 조새 끝에 굴이 딸려 나오면 바람이 먼저 냄새를 맡고 지나간다. 바다 냄새다. 진포리 할머니 냄새다.

태풍이 드는 날이면 할머니는 방 안에서 한 발짝도 나가지 않았다. 할아버지와 아들을 잃고 난 후부터다.

태풍이 온다는 말을 허투루 들어서는 안 될 일이었다. 바람이 어찌나 거센지 사람 날아가는 건 일도 아니었다. 묶어 논 배가 도망갈 일도 없을 텐데, 어찌 된 일인지 배 보러 간다던 할아버지와 아들은 돌아오지 않았다. 할아버지가 휩쓸려 바다로 갔다는 둥, 아들은 태풍을 틈타 집을 나갔다는 둥 별 말 같지도 않은 말들이 부표처럼 둥둥 떠다녔다.

굴빽에 난 상처 같은 삶이 어디 당신 혼자뿐이겠느냐며, 용케도 추운 날만 골라 갯바닥에 나가는 진포리 할머니다.

금저리

거머리

모를 심을 때마다, 나는 논에 들어가기 싫다고 소리를 질렀다. 농약을 치지 않던 논에는 우렁이와 금저리가 많았다.

우렁이 잡아다가 박박 닦아서 돌팍으로 깨 알맹이를 씻어 된장찌개나 쌈장에 넣어 먹으면 그 맛이 일품이다. 하지만 금저리는 생각만 해도 온몸에 소름이 돋는다.

지금은 금저리가 나쁜 피를 빼내는 의료용으로도 쓰이지만, 어릴 때 본 금저리는 물속 두려움의 대상이었다.

어렸을 때, 동생과 족대 들고 시냇물에 들었다. 그때는 물이 맑아서 송사리나 피라미를 잡았다. 한 사람이 물 아래에 서고, 한 사람은 풀섶이나 돌팍을 훑으면서 내려오면 족대에 물고기가 잡혔다. 그 물고기를 잡아 엄니에게 가지고 가면 저녁 밥상에 매운탕이 오르곤 했다.

저녁 매운탕 생각에 물속에서 신나게 잡다가 뭍으로 올라왔

다. 그런데 갑자기 동생이 나를 보고 "금저리, 금저리!" 하면서 소리를 질렀다. 나는 깜짝 놀라 "어디, 어디?"를 외쳤지만, 눈에 띄지 않았다. 동생이 손가락으로 종아리를 가리켰다. 엄청 큰 금저리가 종아리에 딱 붙어서 떨어지지 않았다. 손에 잡히는 대로 돌을 들고 내 다리를 한참 쳤다. 그런데 정신 차리고 보니 엉뚱한 곳을 치고 있었다. 금저리는 내 피를 빨다가 배가 빵빵한 채로 지가 알아서 떨어지고, 나는 헛지랄을 신나게 해댄 덕에 종아리에 멍이 퍼렇게 들었다.

지금 생각해도 금저리는 소름이 돋을 정도로 거시기하다.

까끄매
까마귀

윗마을에 '까끄매'라는 별명을 가진 아저씨가 있었다. 내 기억 속 까끄매 아저씨는 눈이 참 예쁜 분이었다. 그런데 늘 검은 옷 만 입어서 동네 사람들이 까끄매라 불렀다. 하지만 아이들이 아 저씨를 까끄매라고 부르면, 동네 어른들은 나무라고 혼을 냈다. 아저씨는 동네 어른들로부터 신뢰 받는 아주 바른 분이었다.

눈이 내릴 것 같은 포근한 밤, 비닐하우스에 불이 났다. 그 비 닐하우스는 '작은 집'이라 불리는, 동네 남자 어른들의 아지트 였다. 그곳에 모여 막걸리도 마시고, 매년 벼농사 밭농사를 말 로 지어 먹기도 했다. 담배를 나눠 피워도 그리 맛날 수 있는 곳 은 작은 집밖에 없다고, 남자 어른들은 한목소리로 말했다. 그런 데 그 맛난 담배 때문에 불이 났다. 한밤중에 활활 타오르는 작 은 집을 두고 사람들은 소리를 지르고, 소방차를 불렀다. 그런데 까끄매 아저씨가 어느 순간 바람처럼 나타나 물을 퍼 나르며 불을 끄기 시작했다. 옷도 까맣고 밤도 까맣고 죄다 까만데 꽃불만 활활 타올랐다. 그 사이로 까끄매 아저씨는 빠르게 물을 퍼다가 뿌렸다. 다행히도 불이 잦아들었고, 소방차가 오기 전에 다 꺼졌다.

까끄매 아저씨는 개구멍받이라는 소문이 있었다. 개가 드나드는 구멍으로 갓난아이를 부잣집이나 먹고살 만한 집에 밀어 넣었다고 해서 개구멍받이다. 까끄매 아저씨의 친어머니가 아랫마을 누구라는 둥, 바닷가 근처에 사는 누구라는 둥, 알 수 없는 누구누구가 둥둥 떠다녔다. 까끄매 아저씨를 낳은 분이 누구든 그리 중요한 것은 아니었다. 까끄매 아저씨를 귀하게 키운 분들, 까끄매 아저씨와 피 한 방울 안 섞인 아버지, 어머니의 사랑이 온전히 내게도 전해졌다.

8남매의 막내인 까끄매 아저씨. 밥숟가락을 떠도 식구 모두 같이 떴다. 맛있는 것을 먹어도, 먹지 못해도 늘 함께였다. 어느 누구 하나 까끄매 아저씨를 뭐라 하지 않았고, 아껴 주고 다독여 줬다. 원래 한 몸에서 태어난 형제였다.

지금은 할아버지가 되어 충청도 어딘가에 살고 계신다는 까끄매 아저씨. 총명하고 늘 공부를 잘했던 분. 까끄매는 지금도 내 기억 속에서 날고 있다.

꼬두머리

곱슬머리

산 아래 사는 참나무집 아이는 꼬두머리였다. 그 집 아줌마와 아저씨 두 분 다 꼬두머리가 아닌데 유독 그 아이의 머리카락만 그랬다. 그래서 한때는 아줌마가 다른 분과 정을 나누어 가진 아이라는 소문까지 돌았다.

소문에 꼬리가 달린 건 분명했다. 이 집 저 집, 대문을 나서는 바람이 눈에 보일 정도였다. 인생사 새옹지마라지만 소리 없이 하루하루가 바뀌니, 참나무집에도 바람 잘 날이 없었다. 아저씨는 강술에 취해 매일 비틀거렸고, 아줌마는 뒤꼍에서 울기 일쑤였다.

하루는 새 쫓으러 논에 가다가 참나무집 아저씨와 동네 할아버지가 나누는 이야기를 들었다.

"들리는 건 바람 소리뿐이여."

"예."

"암 소리도 듣지 말어. 달그락거리다가 조용해질 겨."

삽을 뒷짐에 얹고 논으로 가는 아저씨의 뒷모습을 한참 동안 바라봤다.

참나무집 아이는 크면서 아저씨를 닮아 갔다. 거짓말처럼 눈, 코, 입이 그냥 아저씨의 얼굴이었다. 머리카락은 변함없이 곱슬거렸다. 아저씨는 자신과 닮아 가는 아들을 바라보면서 정말 좋아하셨다. 몸에 뭔가 이상이 있어서 머리카락이 변한 것이라고, 당신 조상 중에 분명히 꼬두머리가 있었을 것이라고, 그럼 그렇지, 소문은 소문일 뿐이라고, 당신과 당신 아내를 향한 수많은 입에게 보란 듯이 큰소리를 쳤다.

꽹맥이

꽹과리

장구 할아버지보다 두 살 어린 꽹맥이 할아버지는 농악대 쇠재비였다. 꽹맥이 할아버지는 정월 보름이 되면 집집이 농악대를 이끌고 돌아다녔다.

한 집에 들어가면 그 집을 빙빙 돌며 성주님께 인사 드리고, 마당으로 들어와 터줏대감님한테 인사를, 그리고 부엌으로 들어가 부뚜막 조왕신께 인사를 드렸다. 꽹맥이 할아버지가 신나게 때론 조심스럽게 꽹맥이를 치면 뒤따르는 장구, 징, 북 치는 분들은 절로 그 소리에 따라 움직였다. 사람들은 농악대 소리에 신났지만, 나는 꽹맥이를 치는 할아버지의 모습에 넋이 빠져 버렸다. 그 모습은 마치 나비 같았고, 쇠딱따구리 같았으며, 숨까지 끌어모아 휠휠 움직일 때는 무용수처럼 우아했다. 지금도 그 모습이 잊히지 않는다.

꽹맥이 할아버지는 자식 복이 참 많았다. 꽹맥이 할아버지 어부인이신 할머니는 5년 동안 배가 꺼진 적이 없었다. 아들 둘에 딸 셋을 낳고서야 끝이 났다. 꽹맥이 할아버지는 할머니를 참으로 많이 사랑했다. 오나가나 할머니 사랑은 끝이 없었다. 오죽하면 자식들이 자기도 봐 달라고 샘을 낼 정도였을까. 집집마다 별의별 일이 다 일어났지만, 꽹맥이 할아버지 집은 기분 좋은 소리가 길가에 퍼져 나왔다.

뜨게부부로 살다가 자식들 다 장성해서야 정식으로 결혼식을 올린 꽹맥이 할아버지. 그간 살아온 내력을 쭉 읊으며 눈시울을 있는 대로 붉힌 할머니는 그여 막판에 당신 어머니를 찾으며 꺼익꺼익 울었다.

귀동냥으로 듣기로는 할머니의 어머니가 먹고살 게 없어서 하나 있는 일곱 살 딸을 절로 보냈다는데, 한 달인가 두 달인가 지나서 당신 어머니를 찾겠다며 절을 나왔다고. 그 뒤로 어머니도 못 찾고, 절 이름도 몰라서 밥 동냥하며 살다가 장터 국밥집에서 설거지 일을 했다는데. 여직까지 당신 어머니의 소식을 모르고 사셨다고 한다.

사연 없고 한 없는 사람 어디 있을까. 꽹맥이 할아버지 행복도 잠시, 할머니 대신해서 마루를 닦다가 쓰러져 그대로 돌아가셨다. 당신 죽으면 울지 말고 농악대 불러다가 신나게 놀라고 늘 말했다는데, 유언도 유언 같아야 들어 주지 무슨 말을 그리 하느냐고, 할머니한테 통박을 들었다는 꽹맥이 할아버지.

끄름

그을음, 끄시름, 끄럼

뒷산에 불이 났다. 온통 벌건 불꽃이 날아다녔다. 그 불을 잡기 위해 영석이 어머니는 이리 뛰고 저리 뛰었다. 당신 바지가 오줌으로 젖은 줄도 모르고 쓰러질 듯 위태로웠다. 이를 본 혜윤이 엄마가 119에 전화를 했고, 얼마 지나지 않아 소방차가 왔다.

영석이 어머니는 얼굴과 손등에 끄름이 가득한 채 길바닥에 주저앉았다. 넋은 산 너머로 갔는지 소리 없이 앉아 있다가 온몸을 떨었다.

"엄마! 엄마!"

어디서 어떻게 소식을 들었는지 영석이가 달려오면서 엄마를 불렀다. 영석이 어머니는 영석이 얼굴을 보자마자 산 너머 나갔던 넋이 다시 돌아온 것처럼 끄름 가득한 얼굴로 꺼익꺼익 우셨다. 다행과 불안이 한꺼번에 쏟아진 울음소리였다.

영석이 어머니가 집 밖으로 나선 건 점심때가 훌쩍 넘은 시간
이었다. 바람도 잠잠해서 뒤꼍 주변에 있는 비닐이며 낙엽을 긁
어모아 불 놓았는데, 갑작스레 분 바람이 뒷산으로 불을 옮겼다.
그 불이 미친 듯이 뛰어다니기 시작했다. 솔거루가 많은 탓에 불
은 순식간에 번졌다. 손쓸 틈도 없었다. 그저 달려가는 불꽃을
보다가 손에 잡히는 걸로 불을 쳐댔다. 손등은 데어서 붉고, 얼
굴은 끄름으로 까맸다.

"불이야! 소리가 나와야 허는디 목구녕이 꽉 맥혀서 나오덜
않더라구. 이노무 게 그리 활활 탈 줄 알았남. 저짝에 혜원이네
가 있는디 워쪄, 몸이라도 굴려서 막아야지."

불 다 꺼지고 정신이 돌아온 영석이 어머니가 한참 동안 숨을
고르며 얘기를 하시는데, 초점 잃은 눈동자가 어디를 보는지 알
수 없었다.

영석이 어머니는 얼굴에만 끄름이 묻어 있는 것이 아니었다.
영석이 밑으로 동생이 한 명 있었다. 밭에 일 나간 어머니를 돕
겠다고 아궁이에 불을 땠는데 그 불이 튀면서 막둥이 옷에 붙었
다. 그 불이 막둥이를 잡아갔으니, 영석이 어머니는 참 오랫동안
넋을 놓고 살았다. 영석이의 미친 눈물과 설움이 아니었다면, 영
석이 어머니는 온전한 정신으로 돌아오지 못했을 것이다.

한동안 새카맣던 산이 비 맞고, 햇빛을 쐬고, 바람을 붙잡더니 싹이 오르기 시작했다. 우리네 삶도 그냥 까맣지만은 않다. 까만 그 속에서 싹이 나오려고 꿈틀거리고 있다. 지나가고 오는 시간을 기다리는 일, 그 일을 우리는 지금도 하고 있다.

2부

졸음까지 데리고 온 장날

나승개, 나싱개

냉이

"옴마, 츰 봐, 이게 올마 마녀."

"옴마, 오찌 지낸 겨? 여태 여그 산 겨?"

"천안 살다 온 지 올마 안 됐어. 자네는 여태 여그 산 겨?"

"나가 갈 데가 오디 있간. 그나저나 성철이는 장가갔남? 경희
허고 얼추 비슷할 텐디."

"그 시끼는 여태 혼자여. 경희는 시집갔지?"

"갸도 혼자여. 어라, 오디 간 겨. 여태 옆에 붙어 있더니. 참말
로 다람쥐맹키로 잘도 댕긴다니께. 근디 여서 뭐 파는 겨?"

"잉, 나승개 팔어. 졸(부추) 밭에 하도 이쁘게 났길래 좀 캐왔
당께. 이것 좀 가져가서 먹어 봐. 산삼보다 좋으니께 이거 묵고
아픈 거 다 쩌그 쥐 버려."

"심들게 캐 온 걸 뭐더러 줘. 나가 사께."

"사는 건 사는 거고 요건 내 맴이며. 별스럽도 않은 걸 뭐시."

"그려. 담 장에도 오남?"

"나승개 다 캘 때까지는 나올 겨."

44

"담 장에 밥 먹게."

가서 인사하기도 그렇고 해서 지나가는 사람들 틈에 끼어 가다가 추어탕집 담 옆에 서서 두 분 이야기를 들었다. 성철이. 내 막냇동생보다 세 살이나 어린 동네 코찔찔이었다. 감기를 하도 달고 살아서 울 엄니가 도라지 물을 달여 먹였는데도 잘 낫지 않았다. 뭐, 그땐 밖으로만 뛰어다닌 시절이었으니, 콧물을 하도 닦아 소매 끝이 번뜩거렸다.

성철이는 유복자였다. 성철이 아버지가 저수지에서 고기를 잡다가 덧얼음인 줄 알고 밟은 자리가 깊은 자리였다는데. 저수지에서 빠져나오지 못하고 더 깊은 곳으로 가 버리셨다.

배 속에 있던 성철이 때문에 죽지도 못하고 꾸역꾸역 밥을 넘긴다며 한동안 울 엄니를 붙잡고 내내 울었던 성철이 어머니. 어린 성철이에게 밥물림을 하던 성철이 어머니가 먼 산을 빤히 바라보고 있었다. 그러자 성철이가 칭얼거리며 어머니 품에 들었다.

성철이 어머니는 성철이 하나 보고 살겠다며, 함바집 일에 막노동에 미장일까지 여장부로 거듭나셨다. 그리 모진 세월을 꺾어 가며 사셨던 분을 근 30년 만에 장에서 만났다. 성철이 어머니는 일한 세월을 얼굴로 다 가지고 계신 듯했다.

곱은 손으로 나승개를 팔고 있는 성철이 어머니를 보고 온 뒤, 엄니는 길을 지날 때마다 나승개를 찾았다. 나승개꽃을 한참이나 바라봤고, 한숨을 있는 대로 쉬었다.

"오째 얼굴이 그 모냥인지…… 근디 나승개꽃을 한참 들여다 보니께 참 이쁘네. 오째 이 쬐까란 꽃이 피는지. 겨우내 뿌리 깊게 내리더니 이리 이쁘게 꽃 피려고 그랬나벼……, 갸도 참 고왔는디…… 뿌리만 깊었어……."

달쌍하다
보름달처럼 둥글고 환하다

"아따, 이 녀석 보게. 참말로 달쌍허게 생겼구만."
"눈도 크막크막헌 게 딱 장군감이여."
"아들 오디 가는 겨? 달쌍허니 커서 한가락 허겄구만."

나는 달쌍하다, 는 말을 좋아하지 않는다. 어릴 적부터 하도
많이 들어서 그놈의 달쌍 얘기만 나오면 화가 난다. 오죽하면 엄
니를 붙잡고 이런 한탄을 했을까.

"엄마는 나를 왜 이렇게 낳았어? 맨날 세숫대야 같다고, 보름
달 같다고 하고. 동네 사람들 죄다 달쌍하다고 하고. 나보고 남
자라고 하고."
"나라고 너를 그렇게 낳고 싶었겄냐. 문희, 윤정희처럼 낳고
싶었지. 헌디 느그 아배 씨가 그런 걸 나보고 그러믄 안 되지."

내가 달쌍한 것은 죄다 아부지 탓이라는 엄니의 말씀은 거짓

말처럼 맞다. 아부지도 달쌍했다. 딸이 아부지 닮으면 잘산다는 어른들 말에 그나마 마음을 달래곤 했다.

나이가 목구멍까지 올랐는데도 볼살은 빠질 생각을 하지 않는다. 가끔 막냇동생이 세상 어디에도 없는 보름달이 낮에 떴다고 놀리지만, 그것도 웃음을 던진 것이라고 애써 위로해 본다.

대수룩

신복족목 뿔소라과의 연체동물, 대수리고둥, 대속, 송장고둥, 맵다리, 맵사리

들물(밀물)이 빠지면 암초에 다닥다닥 붙은 대수룩이 가득하다. 대수룩은 육식 동물인데, 뒷맛이 맵고 배앓이를 하게 해서 사람 손을 덜 탄다. 예전에는 뭍과 가까운 곳에 많이 붙어 있었는데 어찌 된 일인지 지금은 좀 깊은 암초에 붙어 있다.

이 대수룩을 따서 장을 담가 파는 파주 할머니는 밤이나 낮이나 들물만 빠지면 무조건 바다에 갔다.

파주 할머니는 자식이 열 명이다. 옛날에야 불만 끄면 아기가 생긴다고 했다. 그 옛날 이야기다. 파주 할머니는 아흔이 다 되셨고 큰아들, 둘째 아들, 손자, 손녀 등 여럿 저승으로 보냈다. 아파서 갔고, 갑자기 심장 마비로 갔고, 지 목숨 지가 끊어 갔다. 그 명 이어받아 질기게 사는 생이라고 늘 가슴을 치며 눈물을 훔치

는 파주 할머니. 그 속은 다 타서 재만 남았다고 굽은 허리 짚어 가며 바다에 갔다.

물이 빠지면 등껍데기 말라 허옇게 드러나는 대수룩을 손가락 한 마디보다 큰 것만 골라 땄다. 쬐끄만 거 따 봤자 먹을 것 없고 손이 많이 간다며 큰 것만 땄다. 류머티즘으로 휘어진 손가락을 주물러 가면서 대수룩을 따는데, 딸 때는 안 아프다가도 집에만 가면 아프다고, 바다에서 살아야 할 팔자라며, 짠물에 쪼그라든 손으로 콧물을 닦았다.

가득 딴 대수룩을 이고 지고 나와 집에서 깨끗이 닦아 삶아내서, 바늘로 껍따구랑 내장 떼내고 간장을 달여 장을 담갔다. 그 장을 장날마다 내다 파는데, 장맛이 변함없이 맛있어서 잘 팔렸다. 하지만 그것도 몸이 성해야 하는 일. 겨우내 대수룩 따서 팔다가 온몸에 바람이 들어 이러지도 저러지도 못 하다가 요양병원 신세를 지게 된 파주 할머니. 죽어라 벌어서 죽어라 병원에 갖다 바친다고, 대수룩이 나를 기다리고 있을 거라고, 오매불망 바다 쪽만 바라본다는 파주 할머니.

도구통
절구통

엄니의 어깨에 석회가 끼어 자라지 말아야 할 뼈가 자랐다. 하루는 너무 아파서 어깨를 쓰지 못했는데, 파스로 덕지덕지 붙인 팔을 잡고 숱한 한스러움을 방바닥에 늘어놓았다.

"나가 어릴 적에 도구통을 많이 찧어서 이런 겨. 끄떡허믄 보리 찧어라, 깨 빻아라, 떡 쪄라, 틈만 나믄 불러서 도구통을 찧게 했당께. 요즘이야 다 껍다구 베껴져서 나오니께 기냥 씻어서 묵기만 허믄 되지만, 그땐 다 찧어서 까불러야 혔어. 어린애가 뭔 심이 있었어. 기냥 시키믄 시키는 대로 혔지. 그렇지 않으믄 밥 구경을 헐 수 있었간. 아부지 엄니는 가게에서 일허니께 죙일 나 핵교 끝나기만 기다렸다가 오믄 밥해라, 아궁이에 불 넣어라, 물 질어 와라, 동생 업어 줘라, 그래서 나가 어깨가 나간 겨. 나가 올매나 징그러웠으믄 시집올 때 도구통을 마당에 패대기를 쳐 부렀을 겨……, 그나저나 나간 어깨를 어찌 찾아올지도 모르겠네. 팔도 안 올라가고 요지경이 됐는디."

"수술하믄 된다니께 걱정 말어."

"수술하믄 정상으로 온다남?"

"암만."

"정상은 무신. 평생 어깨가 지대로 작동헐 줄 아남. 칼 대는 순간, 어깨는 기냥 달고 다닐 뿐이여. 땅속에 들어갈 때꺼정 지름 칠혀야 허고, 억지루 작동시켜야 하는 겨. 억지루 작동시키믄 올 매나 아프겄어. 그래도 살어야 허니께 돌리겄지. 이게 전부 다 그놈의 도구통 때문이여."

엄니의 말씀에 어떠한 대꾸도 할 수 없었다. 그 시절 그 옛이 야기에 깃든 수많은 가난이 산 고개처럼 있기에, 그저 도구통을 패대기쳐 버린 엄니의 마음만 쓰다듬을 뿐이었다.

도둑늠가시

깐치바늘, 도깨비바늘

손바닥만 한 밭에 도둑늠가시며 도꼬마리가 뒤엉켜 있었다.
감나무가 없었다면, 나는 1년 내내 밭에 나갈 생각도 안 했을 것
이다. 아부지 돌아가시고 농기구는 모두 동네 사람에게 나눠 주
었다. 아무리 광을 뒤져도 낫이 없어서 작은 톱을 들고 밭에 들
었다. 대봉감이 주렁주렁 매달려 올해는 좀 따 먹을 수 있겠다
싶어서 감나무 쪽으로 길을 냈다. 한참을 풀을 베고 있는데, 지
나가던 진서 외할머니가 한 말씀 던졌다.

"뭐 허남?"
"감 따려고 길 내요."
"아따, 참말로 큰길 냈구먼."

히죽 웃으며 돌아서는 진서 외할머니의 뒷모습을 보다가 다
시 톱을 들고 풀을 베기 시작했다.

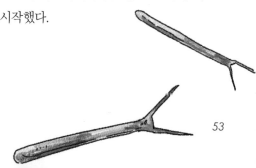

진서 아버지는 아들을 자주 때렸다. 술 마시고도 때리고, 마시지 않고도 때렸다. 진서가 눈에 띄면 때렸다. 어느 날 진서를 때리던 진서 아버지가 "왜 나를 피하지 않냐. 도망이라도 가지!"라고 소리 지르는 것을 들었다.

진서 어머니는 글쎄, 왜 진서를 지켜만 봤을까? 진서는 늘 구석에 있었고, 늘 어두웠으며, 늘 쓸쓸했다.

한번은 진서가 울면서 대문 앞에 서 있었다. 그 앞을 지나가는데 왜 그렇게 미안했는지, 그 울음소리에 괜스레 내가 잘못한 게 있는 거 같아 "미안해" 소리를 던졌다. 그러자 진서가 울다 말고 나를 바라봤다. 머뭇거리다가 빠르게 지나갔는데, 뒤가 자꾸 뜨거웠다.

그날 이후, 진서가 보이지 않았다. 엄니한테 물어보니 윗동네 사는 외할머니 집에 갔다고 했다.

소문에 의하면, 진서는 진서 어머니가 다른 남자와 통정해서 낳은 아이라고 했다. 그걸 진서 아버지가 알면서 품었다는데, 자기 가슴으로 품었으면 잘 키울 일이지 그리 애를 못 잡아먹어 안달이 났느냐고, 동네 사람들은 한마디씩 했다. 진서 아버지가 진서를 품은 건 진서 어머니 때문이었다. 진서 어머니는 진서 아버지의 첫정이었다. 하지만 진서 어머니의 첫정은 따로 있었다. 그 사람을 잊지 못해 반 미친 것처럼 살았다는데, 그런 이를 진서 아버지가 품었다고 했다. 아마도 그 화풀이를 진서한테 했던 건 아닐까? 어디까지가 사실인지 알 수 없고, 말이란 것이 뛰어다니며 만들어지는 것이니…, 다행인 것은 진서가 외할머니 집으로 간 뒤부터는 맞지 않았다는 것이다.

풀을 다 베고 집에 가려고 옷을 터는데 탑새기가 햇빛에 반짝거렸다. 그런데 아무리 떼내려 해도 대문 앞에 서 있던 진서의 울음소리처럼 도둑늠가시는 떨어지지 않았다. 길바닥에 주저앉아 도둑늠가시를 하나하나 떼어내다가, 내 기억 모퉁이에 서 있는 진서 눈동자 속 내 모습까지 떼어 버리고 싶어졌다. 볼품없고 초라했던 내 모습을.

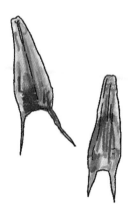

도로캐
도리깨

명진이 삼촌은 손재주가 좋았다. 딱히 설계라는 것도 없이 무슨 재료가 있든 당신이 만들고자 하는 것은 다 만들어냈다. 특히 도리깨 만드는 솜씨는 동네 일등이었다. 지금이야 돈만 있으면 뭐든 사는 세상이지만 명진이 삼촌은 농사에 쓰는 것들을 거의 다 만들어 썼다. 나름 당신이 가진 고집스러운 농사 철학이라 생각했다.

하루는 산에 다녀온 명진이 삼촌이 대문 앞에 앉아서 장대를 정성껏 깎고, 사포로 밀었다. 칡넝쿨은 소금물에 담가 두었다가 말렸다. 무엇을 만드나, 나도 종일 대문을 열었다가 닫기를 반복했다. 명진이 삼촌 손은 요술 손이었다. 구멍을 내고, 그 구멍에 맞게 비녀못을 끼웠다. 그러고는 마른 칡넝쿨로 도리깻열을 맸다. 화장실도 안 가고 앉아 있던 삼촌이 한자리에서 툭, 털고 일어나더니 장대를 들었다. 도리깨였다.

명진이 삼촌이 도리깨를 허공에 휘두르자 도리깨바람이 일었다.

"오뗘? 도로캐 잘 돌아가지?"

"도로캐가 뭐여. 도리깨지."

"울 엄니는 도로캐라고 혔어. 엄니 말씀 잘 들어야 떡 하나 더 생긴다니께."

동네 어른들은 명진이 삼촌이 도리깨를 들고 허공을 휘두르면 당신들도 모르게 함성이 절로 나왔다. 그 소리 속에는 감탄과 함께 '장가를 가야 쓸 낀데 저 심을 우째~' 싶은 걱정도 섞여 있는 듯했다. 명진이 삼촌이 서리태를 털 때는 온갖 바람을 다 호령하는 듯했다. 그물 속에 베어 논 서리태를 쭉 넣어 놓고, 바싹 마를 때까지 두었다. 그러고는 날 좋은 날, 그물로 감싼 서리태를 도리깨로 내리치면 콩이 밖으로 튕겨 나가지 않고, 그물 속에서 서로 부대끼다가 모였다.

도리깨바람

속소리바람, 회오리바람

온 들판에 냉이꽃이 피기 시작했다. 날도 따뜻하고 봄맞이꽃, 봄까치꽃도 앞다투어 피었다.

아부지는 경운기로 논을 갈고 있었고, 우리 집 개 진순이는 날아가는 흰나비를 잡으려 펄쩍펄쩍 뛰고 있었다. 나는 날이 좋아서 대문 앞에 놓인 의자에 앉았다. 엄니는 화단에 고개를 내민 싹을 보고, 나는 성주산 꼭대기에 흘러가는 구름을 봤다. 참 좋은 봄날이었다.

한참을 의자에 앉아 졸고 있는데, 갑자기 진순이가 끙끙거리기 시작했다. 이것이 또 내 앞에서 똥을 싸는가 싶어 한마디 하려고 눈을 떴는데, 갑자기 도리깨바람이 은진이 아줌마네 밭을 돌아 우리 집 쪽으로 오고 있었다. 깜짝 놀라 일어나다가 의자에 걸려 넘어졌는데, 아픈 것도 잊고 대문 안으로 뛰어 들어갔다. 밭에 쌓아 둔 덤불은 여기저기로 흩어졌고, 진순이는 자기 집을 들락날락, 낑낑거리다 짖다, 를 반복했다.

잠시 뒤 대문을 붙잡고 흔들던 바람이 잦아들었다. 밖에 나가
보니 엄니는 무슨 일이 있었냐는 듯 나를 바라봤다.

"엄마 괜찮어?"
"뭐시?"
"바람이 겁나던데 왜 안 들어왔어?"
"얘기인즉, 시방 밖은 난리가 났는디 니년 혼자 살겠다고 즈
어매를 버리고 갔다는 거네."

입도 벙긋 못 하고 대문 밖에 나가니 진순이가 나를 바라봤
다. 진순이 눈빛도 자기를 버리고 들어갔냐며 한마디 던지는 것
같았다.

도리깨바람은 도리깨를 돌릴 때 나오는 바람이다. 순간 일어
났다가 잠잠해져서 도리깨바람이라고 하는데, 아부지는 회오리
바람을 도리깨라고 했다가, 속소리라고 했다가, 뺑뺑이바람이라
고 했다.

됐슈, 괜찮어유
괜찮아요, 괜찮습니다

3일, 7일은 보령 장날이다. 4~5월 장날이 오면 엄니는 세상 가장 밝은 복장으로 장에 나간다. 꽃이 산과 들에만 피는 것이 아니다. 장날 시장판에 온갖 꽃이 피어 시끌벅적하다. 세상 꽉 찬 활기가 참새를 몰고 오기도 하고, 동네 고양이들 졸린 눈을 비비며 모이게도 한다. 봄은 그런 힘을 가지고 있다.

엄니에게 오는 봄이 까꿍, 하는 것도 아닌데 왜 장날만 기다리느냐고 했더니, 사람들이 몰려나오는 것이 신기할 뿐 아니라 웃고 떠들고 춤추고 코 큰 소리 하는 그 모든 것들이 가슴을 콩닥콩닥 뛰게 한다고 했다. 나도 그 즐거움을 눈으로 가득 느끼고 있으니 두말하지 않고 장날마다 나간다.

볕 좋은 장날, 여기저기 온갖 나물이며 새순이 길을 내고, 한쪽에서는 빈대떡에 도깨비뜨물(막걸리)을 얼큰하게 마시는 할아버지들이 노래를 불렀다. 나 또한 신나서 흥얼거리며 따라 부르기도 했다. 한참을 이리 기웃 저리 기웃거리며 걷는데, 목소리가 한껏 커진 엄니가 걸음을 멈췄다.

"아따, 성님도 장에 나오셨슈?"

돌아보니 당숙모였다. 아부지 돌아가시고 처음이니 근 10년 만인가. 어릴 적에 왕래가 없었다면 누가 누구인지 모를 분들이 바로 당숙이다. 피는 섞였다는데 도대체 닮은 구석이 없는 얽힌 혈연관계. 알아봐야 알아보는 그런 관계이다.

"자네는 오찌 살어?"
"기냥 저냥 땅 멀찍이 두구 살아유."
"몸은 워뗘?"
"맨날 그렇쥬. 성님은 워뗘유?"
"나도 몸뚱어리에 지름칠허고 살어. 그나저나 쟈는 여태 시집 갈 생각이 읎다남?"
"모르겠슈, 귓구녕 떨어지게 지랄혀도 대꾸가 읎으니, 지 목구녕만 아퍼유. 성님도 둘째 여즉 소식 읎쥬?"
"나나 자네나 새 울었당께. 그건 그렇구 서방님 가신 지 10년 됐나? 속 많이 뒤집어졌을 텐디 괜찮은 겨?"
"괜찮어유. 지도 갈 텐디 먼저 가서 판 깔아 놓믄 좋쥬."
"허긴 나도 가니께 꿈에서라도 만나믄 서방님헌티 내 판도 깔아 놓으라고 혀. 이러고 서서 야그 말고 오랜만에 만났는디 오디서 밥이라도 먹지?"
"됐슈."

"이리 가믄 나 땅에 들어갈 때나 볼 거 같은디 오째 그려?"
"성님도 별소릴 다 허네유. 장에 오기 전에 먹었슈."

　새 울고, 고양이도 하품하고, 나도 시장 구석에서 하품하고.
고등어 파는 할아버지는 아까 전부터 고등어 사라는 소리를 멈
췄다. 봄볕이 따뜻해서 졸음까지 데리고 온 장날이다.

두둠바리

달리기를 못하는 사람

나는 두둠바리다. 어릴 때 달리기도 못할뿐더러 걷는 것도 휘청거렸다. 그러면 엄니는 늘 뒤에서 불안한 눈빛을 건네고는 했다.

원체 체력이 약해서 학교 다닐 때 모든 달리기는 꼴찌를 도맡아 왔다. 반면 동생은 모든 달리기를 일등만 했다.

"두둠바리여, 어찌 그리 못 달리는 겨."

나도 잘 달리고 싶다고 성질을 부려도 엄니 귀는 이미 동생의

계주 함성과 함께했다. 같은 배 속에서 나왔는데 어찌 이리 반대인지 모를 일이다.

어릴 때, 두둠바리 소리만 들으면 기분이 나빴다. 욕 같기도 하고 발바리보다 못한 존재로 비춰져서 내 성질을 키우는 데 한 몫을 한 단어이기도 하다.

어릴 적부터 다리가 약해서 학교 갈 때마다 고생이었다. 5분 정도 걷다가, 10분 걷다가 쉬는 어린이였다. 그때마다 동생이 내 가방을 메고 먼저 학교에 갔다. 누나는 쉬었다 오라는 나름의 배려였다. 다리가 따로 크게 아픈 것도 아닌데 힘이 없어서 잘 걷지를 못했다. 잘 넘어졌고 항상 상처가 떠나지 않았다. 엄니는 내가 소아마비에 걸릴까 봐 늘 노심초사였다. 없는 살림에 내 몸까지 아프면 어찌해야 할지 어린 나도 나름 고민이었다. 다행히도 앞 보고 똑바로 걸어왔으니 엄니의 고민을 좀 덜어 주지 않았을까?

나는 두둠바리다. 때론 천천히 걷기도 하고, 달리기도 한다. 가다 보면 넘어져 다치기도 하고, 휘청거리기도 한다. 코스에서 벗어나 방황을 한다. 하지만 분명한 것은 어느새 제자리로 돌아와 나만의 코스로 가고 있다는 것이다. 사는 게 그닥인 그대들도 두둠바리겠지만 정해진 코스가 아닌 자신이 설계한 코스로 잘 가고 있을 것이니, 힘!

때꽃

분꽃

　외할머니는 분꽃을 참 좋아하셨다. 시골에서 작은 가게를 하던 외할머니가 저녁밥 드시러 집에 오면 환하게 반겨 주던 꽃. 다른 꽃들은 다 지는데, 분꽃은 마냥 당신을 기다려 주는 것 같아서 설렜다는 외할머니의 미소 같은 꽃이 때꽃이다.

　엄니는 지금도 분꽃을 보면 외할머니 생각이 난다며, 부드럽게 꽃을 어루만진다. 그러면 분꽃도 엄니 얼굴을 보며 웃어 주는 것 같다.

　내 기억 속 외할머니는 참 고운 분이었다. 엄니가 참으로 외할머니를 닮았는데, 나는 친탁을 해서 요기조기를 뜯어봐도 견적 안 나오는 얼굴이다. 그렇다고 아부지 얼굴이 못생긴 것도 아닌데 왜 나는 이리 면적이 넓을까, 엄니한테 물어보면 두 분의 단점만 고스란히 가지고 태어나서 그렇다는 결론을 내놓는다.

그러면 배알티가 나서 성질을 부리다가 한마디 욕을 얻어먹은 뒤에야 스스로 조용해지는 결말을 맞이한다.

일곱 살 때인가, 삶은 꽃게 집게발을 어찌 먹어야 할지 몰라서 멀뚱거리며 들고만 있었는데, 외할머니가 가위로 꽃게 발 옆을 먹기 좋게 잘라 주었다. 그때 외할머니는 한없이 부드럽고 따스했다. 꽃게 살을 파 먹다가 외할머니 얼굴을 봤는데, 외할머니는 드시지 않고 나만 바라보고 계셨다. 눈에 눈물이 그렁그렁 맺혀서 눈만 한 번 끔벅이면 바로 떨어질 듯했다. 이 얘기는 엄니한테 한 번도 하지 않았다. 얘기하면 안 될 것 같은 마음이 먼저였다.

1980년대 초반, 앞뒤를 둘러봐도 죄다 가난해서 그 가난을 등에 지고 살았다. 물론 우리 집은 더하면 더했지 어디 뺄 구석 하나 없었다. 미니스커트에 하이힐 신고 극장을 다니던 멋쟁이 아가씨가 시장 바닥에서 어린 남매를 고무 다라이에 묶어 놓고, 배차를 팔고 있었으니…… 그걸 본 외할아버지는 엄니 안 보는 곳에서 꺼익꺼익 우셨다는데. 왜 내가 본 것처럼 마음이 아린 것인지.

엄니는 지금도 어디선가 분꽃을 보면 씨를 받아다가 아파트 화단에 심는다. 깜깜할 때 은은하게 켜진 등 같은 꽃. 울 엄니가 엄니를 그리워하며 바라보는 꽃이다.

때꾜
거위

철기 할머니가 돌아가시자 때꾜가 밤새 울었다. 그러고는 거 짓말처럼 밥을 거부하다가 철기 할머니 탈상하는 날에 죽었다. 도대체 왜 죽었는지 족제비나 오소리, 산적 개한테 물려 죽었는 지 알 수 없는 노릇이었다.

때꾜는 철기 할머니가 키우는 애완 거위였다. 밥 먹을 때도 철기 할머니가 '꽉꽉아!' 하고 부르면, 뒤꼍에 있다가 후다닥 달 려왔다. 그러고는 개처럼 꽁지를 흔들며 '꽉꽉'거렸다. 꽉꽉이는 집을 지키는 거위. 옆집 할머니가 와도 어디서 나타나는지 모르 게 달려와 무섭게 '꽉꽉'거렸다.

"꽉꽉아! 많이 먹어라."
"꽉꽉아! 이리 온."

철기 할머니가 때꾜한테 쏟는 정성에 질투가 난 철기는 온갖 심술을 부리기도 했다.

철기는 일곱 살인데 부모의 이혼 후 아빠 손에 이끌려 할머니 집으로 들어왔다. 애처로운 손자를 보듬는 할머니의 손은 철기가 엄마한테 느끼던 따뜻함이었다. 그런 철기가 때꾜한테 할머니를 빼앗기는 느낌이 들었는지, 하루는 작대기를 들고 때꾜를 쫓기 시작했다. 때꾜는 이리저리 도망 다니며 울어댔다. 달리는 속도가 어찌나 빠른지 철기는 때꾜 깃털도 때리지 못했다. 그렇게 한참을 도망 다니던 때꾜는 할머니 소리가 나자 부리나케 달려왔다. 그러고는 다리에 머리를 비벼댔다. 그런 때꾜를 보던 철기는 씩씩거리다가 방에 들어갔다.

하루는 때꾜를 쫓던 철기가 대성통곡하며 할머니를 찾았다. 쫓기던 때꾜가 갑자기 서더니 철기한테 달려들어 다리를 문 것이다. 깜짝 놀란 할머니가 때꾜를 붙잡아 우리에 가둬 일주일간 문을 열어 주지 않았다. 아무리 울어도 할머니는 빗장을 열지 않았다. 나름의 고초를 겪은 때꾜는 그 뒤로 철기에게 덤비지 않았다. 철기도 더 이상 때꾜를 쫓거나 괴롭히지 않았다.

할머니의 사랑으로 늘 씩씩했던 때꾜가 할머니와 함께 저승으로 갔다. '꽉꽉'거리며 할머니와 앞서거니 뒤서거니.

뚝떡수제비

숟가락으로 뚝뚝 떼어낸 수제비

살구나무집 할머니가 엄니와 나를 불러 뚝떡수제비를 끓여 줬다. 멸치 대가리 몇 개, 애호박 뭉텅뭉텅 썰어서 조선간장으로 간 맞춰 내놨다. 대충 끓였다고, 경건이(반찬)하고 먹으라고 한 상 차렸다.

"접때, 풀 뽑아 줘서 고마워잉. 나 혼자 혔으믄 지금쯤 저승길 열심히 밟고 가고 있을 겨…… 이제는 농사도 못 지어 묵는다니께. 심이 있으야 지어 묵지. 깨도 베야 쓰는디 여즉 이러고 있어. 저러다가 다 터져 불 텐디."

가랑비 내리는 날, 살구나무집 할머니가 밭에서 풀을 뽑고 계셨다. 그냥 지나치기도 뭣해서 지나가는 말로 한마디 던졌다.

"고생하시는데, 제가 좀 도와드릴까요?"

대부분 이렇게 말하면 옷 젖는다고 그냥 가라고 하는데 살구나무집 할머니는 에둘러 말을 던졌다.

"그냥 가, 비 오는디 뭘 헌다고 그려. 나만 젖으믄 됐지…… 아이고, 아즉 멀었네. 밭고랑이 몇 개여."

두말하지 않고 집에 가서 호미 들고 와서 앉아 풀을 뽑았다. 뒤따라 나온 엄니도 쭈그려 앉았는데, 내 구박에 할머니 안 보이는 곳에 몸을 감추었다.

풀 덕분에 뚝떡수제비를 맛보게 됐다. 뚝떡수제비는 밀가루 반죽을 숟가락으로 뚝뚝 떼어내 끓인 것인데, 살구나무집 할머니의 애환도 함께 끓여져 있었다.

살구나무집 할머니의 남편은 옛날에 집 나가 어디에 사는지 죽었는지 모른다. 여자 만나 산다는 소문만 무성하다가 그마저도 사라졌다. 하나 있는 딸은 마흔도 안 되어 풍 맞아 할머니가 보듬다가 기도가 막혀 저승길 밟았다. 이제 죽나 저제 죽나 죽는 일은 매한가지인데 왜 딸년이 질러가느냐며 여러 달 가슴을 쳐댔다. 그리 식음을 전폐하고 술만 푸던 할머니가 무슨 정신이 났는지 부엌에 들어가 끓인 것이 뚝떡수제비인데, 한 숟갈 한 숟갈 목구멍에 넘기며 꺼익꺼익 울며 하신 말씀이,

"진자가 마지막으로 먹고 잡다고 헌 게 이거여. 이걸 하나 못

끓여 줬어. 목구녕 맥힐까 봐 못 줬는디, 쌕쌕거리다가 목구녕 맥혀 갔당께."

살구나무에 꽃이 폈는지 졌는지 알 수 없는 봄이 갔다. 뚝떡 수제비 한 그릇에 그리움을 담던 살구나무집 할머니 얼굴도 잊어버린 지 오래다.

매암

매미

매암이 유난스레 울던 날, 큰 어른이 농약을 마시고 돌아가셨다. 나이를 먹고 나서 왜 그분보고 큰 어른이라 했는지 알게 됐지만, 그때는 사람들이 모두 큰 어른이라고 하니 어린 우리도 그리 따라 불렀다.

큰 어른 댁에는 커다란 팽나무가 한 그루 있었다. 나이가 몇백 살은 될 거라며 큰 어른은 이 팽나무에 제를 지내기도 하고, 맛난 음식이 있으면 먼저 올리고는 했다.

큰 어른 댁은 늘 사람이 붐볐고, 1년에 열두 번도 더 지내는 제사에 나오는 음식을 사람들에게 골고루 나눠 주기도 했다. 그런데 큰 어른이 돌아가시기 1년 전부터 팽나무 가지가 한쪽부터 마르기 시작했다. 바람이 불면 기다렸다는 듯이 나뭇잎이 우수수 떨어졌다. 사람들은 큰 어른 댁에 무슨 변고가 있을지 모른다며 내심 걱정을 늘어놓기도 했다. 반년쯤 지났을까, 우려와 걱정을 안고 팽나무가 죽었다. 모진 세상 풍파를 다 겪고서도 살았던 나무가 어찌 그리 허망하게 갔는지, 한동안 팽나무의 죽음에 사람

들은 께름칙한 기분을 가졌다.

"매암 참말로 극성스레 우네. 그나저나 큰 어른 잘 모신 겨?"

"그리 가실 줄 알았남? 우덜헌티 워낙 잘혔어야지. 달구질허는디 눈물이 나더라니께."

"원체 좋은 분이었는디…… 자살이 뭐여."

"선산을 팔아 묵었다매?"

"선산뿐인감. 쩌그 간사지(간석지) 논도 팔아 묵고, 집도 보증인가 서서 넘의 손에 넘기고 날랐다는디."

"큰아들 잘 키웠다고 입심이 하늘에 닿았을 텐디…… 오째 그랬나 몰러."

"그 속사정이야 오찌 알겄어. 다 아는 큰 어른이 대신 짊어지고 가신 거지."

"팽나무가 먼저 안 겨. 이 꼴 저 꼴 보기 싫으니께 먼저 눈을 감은 겨."

"난리 통에도 살았는디 오째 그건 못 견뎠을까."

동네의 여름은 매암 울음소리로 가득했고, 막걸리 같은 걸쭉한 나날들이 한동안 계속됐다.

물툼봉이

저수지

어른들은 하나같이 뒷산 너머에 있는 물툼봉이에는 가지 말라고 일렀다. 처음에는 무슨 말인지 몰라서 계속 되물었는데, 물툼봉, 물툼봉만 해대는 통에 알았다고만 했다.

아주 오래전, 물툼봉에서 사람이 많이 빠져 죽었다. 한겨울 꽝꽝 언 물툼봉을 건너던 장기리 할아버지도, 장기리 할아버지를 따라가던 개도, 물가에서 물고기를 잡던 아이들도, 그저 사는 게 힘들어 들어간 사람도, 알게 모르게 한둘씩 물툼봉이로 사라졌다.

"도대체 을매나 잡아먹어야 그 속이 풀리려나."

"뭐시?"

"저그 물툼봉. 한두 명을 데려갔어야지."

"군에서 못 들어가게 막는다는디."

"그 소리 헌 지가 온제여. 가지 말라면 더 가는 게 사램 맴인디. 참말로 요상시러. 접때 싸리나무집 며느리도 들어갔다가 그

집 아들이 보고는 데리고 나왔다더만.”

“그러게. 근디 왜 그랬댜?”

“그 집 시어매가 오죽 닦달혔으믄 그랬겄어. 나 같았으믄 도
망가거나 혀 깨물어 죽었을 겨. 아들 내외 밤에 잠자리허는 것도
못마땅혀서 문을 두드리지를 않나, 밤마다 아들 옆에 두고 여그
주물러라 저그 주물러라 허지를 않나. 접때 보니께 아주 며느리
를 쥐 잡듯이 잡더구만.”

“똑같구먼. 그 시어매도 아주 못 잡어묵어서 안달혔잖어. 보
고 배운 대로 허는 겨.”

물툼봉이가 데려간 사람도 많고, 그 근처를 배회한 사람도 많
았다. 울 엄니도 아픈 막내 품에 안고 목숨 끊으러 들어갔다가
아부지 손에 이끌려 나왔던 곳. 그래서 볼 때마다 아뜩하고 쓸쓸
해지는 곳.

3부

만장이 파란 하늘에 펄럭였다

바릇질

바다나 갯벌에서 해산물이나 고기를 잡는 일

지금은 어업 허가증이 있어야 뻘에 나가 바릇질을 할 수 있지 만 예전엔 그렇지 않았다. 너 나 할 것 없이 어패류 종자를 다 잡 아 가니 뻘을 기반으로 삶을 살아가는 사람들에게는 참으로 힘 든 노릇이었다.

아부지는 백내장 수술에 조갈병(당뇨병)으로 눈이 침침했다. 그런데 이상하게도 바다에 나가면 눈이 어찌나 밝은지 헤엄치는 꽃게까지 잡아 올리곤 했다. 나는 코앞에 있는 바지락도 못 줍 고, 엉뚱한 돌멩이를 들고 조개라고 했다가 통박을 먹기도 했다. 바지락도 구멍이 있는데, 그걸 몰라서 갯벌을 밭으로 일구고 다 녔다. 차라리 밭이었다면 아부지한테 칭찬이라도 들을 텐데, 이 건 밀물이 들어오면 죄다 없어지니 잔소리를 들어도 그저 웃으 며 넘어갔다.

한번은 아부지가 엄니를 데리고 바릇질하러 갯벌에 갔다. 엄 니는 대수룩을 따고 아부지는 바닷고기 잡으러 뻘에 박아 놓은 그물로 갔다. 그런데 엄니가 대수룩을 따기 위해 바위를 짚고 더

깊이 들어갔다. 한참 동안 대수룩을 따던 엄니가 고개를 들어 바다를 보니 해무가 밀려오고 있었다. 해무는 바다에서 바람과 함께 오는데 한번 들면 쉽게 사라지지 않았다.

엄니는 대수룩 망을 들고 바위를 짚어 가며 길을 찾는데, 어떤 아저씨가 엄니를 발견하고는 소리를 질렀다.

"아줌마 시방 오디로 가는 규?"
"밖으로 나가야 쓰는디 여그로 가믄 될 거 같아서유."
"그짝으로 가믄 뻘 무덤이유. 나 따라오슈."

뻘 무덤이란 말에 등골이 서늘했던 엄니는 어기적거리며 아저씨를 따라갔다. 아부지는 벌써 나와서 엄니를 찾고 있었고, 엄니는 간신히 은인을 만나 산목숨이 되었다. 이 얘기를 큰아들한테 했다가 열 마디, 스무 마디를 들었고 아부지는 그 뒤 다시는 엄니를 데리고 뻘에 가지 않았다.

뻘 무덤은 한번 들어가면 죽어야 나오는 곳이다. 물이 빠져 얕은 줄 알고 들어갔다가 미처 나오지 못한 이가 여럿이다. 그러니 엄니를 구한 아저씨에게 절을 하고도 남을 일이다.

배얌

뱀

아부지가 엄니를 오토바이에 태우고 산으로 들로 바람을 만지러 다녔다. 지난밤 내린 비에 봄은 들판에 앉았고, 새는 '소쩌쩌 소쩌쩌' 울고, 꽃은 살랑이니 그저 콧노래가 먼저 나오는 날이었다.

"여까지 나왔는디 빈손으로 집에 가믄 서운허니께 고사리라도 끊을 겨?"
"오디 아는 디 있남?"

아부지가 척, 하니 엄니를 이끌고 산으로 올라갔다.

"고사리 끊으러 가다가 숨차 죽겠네. 오째 이리 끌고 가는 겨?"
"다 왔다니께. 무릎 가차이여."
"아까 전엔 발목 가차이람서 뭐시 이리 긴 겨?"

아부지가 이끈 곳은 고사리 천지였다. 간밤 비에 여기저기 고개 든 고사리를 본 엄니가 깜짝 놀라 반기며 봉다리를 꺼냈다.

"오째 요런 데를 알았남? 천지가 고사리네. 혹시 넘의 밭 아녀?"
"아녀. 작년에 김 씨네 이장허러 왔다가 봤다니께."

고사리 꺾는 내내 노래 부르는 엄니를 보자 아부지는 기분이 좋아 어깨가 으쓱해졌다. 그런데 그것도 잠시, 고사리가 많은 곳에는 배얌도 많다는 것을 잊고 있었다. 고사리를 끊던 아부지가 갑자기 들고 있던 고사리를 내던지고 헐레벌떡 산 밑으로 내려가고 있는 것이었다.

"저 냥반이 왜 저러는 겨? 왜 그려?"

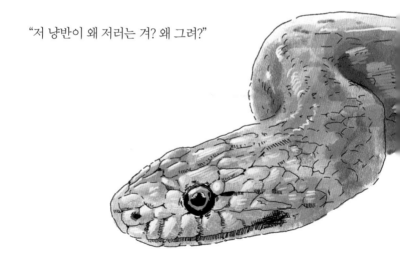

"빨랑 오드라고."

"이제 시작혔는디 오째 그려?"

"나가 사 줄 테니께 언능 오라고."

고사리 끊다가 말고 엄니도 얼떨결에 아부지를 따라 내려갔다.

"뭐 땜시 그려는 겨? 구신이라도 본 겨?"

벅찬 숨을 몰아쉬던 아부지가 오토바이에 앉더니 들릴 듯 말 듯 엄니한테 하는 말이,

"배얌이 있더라구. 나는 시상에서 배얌이 젤루 무섭당께."

새는 울고, 꽃은 피고, 쬐끔 끊어 온 고사리는 우리 집 장꽝에 서 말라 꼬부라졌다.

배차

배추

코 큰 소리를 하며 동네방네 다니는 은행나무집 할아버지는 배차 농사를 참 잘 짓는 분이었다. 배차 속이 꽉 차고 단맛이 나는 것이 여간 맛나지 않았다.

몇 년 전, 은행나무집 할아버지가 감자 농사를 크게 지었다. 그런데 크게 지은 걸 팔아야 하는데 제대로 팔지도 못하고 혼자 애면글면하다가 병이 났다. 여러 날 누워 있다가 일어나 감자밭을 경운기로 폭삭 엎었다고. 그 뒤로 감자 농사는 죽어서도 안 짓는다고 소리를 지르셨다는데…… 갈아엎은 밭에 배차 싹을 차곡차곡 심더니 밤낮을 가리지 않고 애지중지 키웠다. 속이 꽉 찬 배차를 경운기에 실어서 장날에 나가 팔았는데, 배차가 단맛이 나고 알이 차서 꽤 인기가 있었다. 김장철만 되면 할아버지의 배차를 사려는 사람들로 전화통은 불이 났다. 중간 도매상도 여러 번 다녀갔지만 할아버지는 단 한 번도 팔지 않았다. 당신 손으로 짓고, 당신 손으로 거둬, 당신이 경운기에 싣고 장날에 나가 팔았다. 그렇게 10월 말부터 11월까지 할아버지의 배차는 인기가 많았다.

한 3년 줄기차게 배차를 실어 나르던 할아버지가 올해는 날씨가 이상하다며, 배차를 심어야 할지 말아야 할지 고민을 했다. 이상하게도 갑자기 작달비가 내리는가 하면, 근 한 달 동안 불가물이었다. 배차밭에 물을 주는 것도 한계가 있어서 할아버지가 생각해낸 것이 마른 저수지 근처에 배차를 심는 것이었다.

기후야 한 해가 다르니 누굴 탓할 수 없는 노릇이었다. 배차 할아버지가 모종을 싣고 마른 저수지로 향했다. 물 근처이기도 하고, 한동안 큰비 소식은 없으니 한번 모험을 해 보자는 심사였다.

배차 할아버지는 갓밝이가 되면 영락없이 저수지로 향했다. 그러고는 저수지 고인 물을 퍼다 부지런히 배차에 주었다. 배차도 할아버지 마음을 잘 아는 듯이 무럭무럭 자랐다. 그렇게 잘 자라는 배차를 흐뭇하게 바라보던 할아버지가 출하 날짜를 잡았는데, 그날 밤부터 뉴스 기상 예보에도 없던 작달비가 내리기 시작했다. 금방 그칠 줄 알았던 비가 밤새 내리더니 아침이 되어도 그칠 생각이 없는 듯했다. 그렇게 살 부러진 우산을 쓰고 저수지로 향한 배차 할아버지를 찾은 건 창기 아버지였다.

창기 아버지가 할아버지를 찾으러 저수지로 향했는데, 글쎄 할아버지가 저수지 근처에서 대성통곡을 하고 계셨다고 한다. 출하 며칠 안 남긴 배차를 어디에서도 찾을 수 없었다고. 밤새 내린 비에 저수지가 차올라서 배차를 삼키고, 작은 버드나무를 삼키고, 할아버지의 힘을 삼켰다. 그렇게 내리 사흘 동안이나 비가 내렸다.

한 해 농사 망치는 경우가 어디 한둘일까? 속 타는 농사꾼 심정이야 이루 말할 수가 없다. 하늘이 망치기도 하고, 땅이 망치기도 하고, 사람이 망치기도 하는 농사. 그래도 매년 꿋꿋이 짓는 것을 보면 분명 농사만이 세상을 바꿀 수 있다는 희망이 있어서가 아닐까.

배차 할아버지의 꿈과 희망이었던 배차는 물거품처럼 사라졌다. 불어난 저수지가 꿀꺽 삼켜 버리고 만, 그 아까운 것들.

새뱅이

물새우, 새우, 새옹개, 새빙개

새뱅이는 도랑이나 하천에 사는 민물 새우다. 쌀뜨물에 새뱅이와 고춧가루 넣고 애호박에 양파, 간장을 살짝 넣어 바글바글 끓이다가 수제비를 얇게 떠서 넣으면, 그 맛은 흐미~ 온몸이 찌릿찌릿하다.

어릴 적에는 도랑이나 하천이 깨끗해서 대나무 채반 들고 가서 한번 뜨면 새뱅이가 팔딱팔딱 많이 잡혔다. 그걸 잡아 집에 가져가면 엄니는 함박 웃으며 맛나게 매운탕을 끓였다. 어린 나이에 그 맛을 알게 된 건 순전히 감나무집 아줌마가 모심다가 내온 점심 때문이었다.

봄볕이 눈 시리게 내리던 날, 모심는 사람들이 논바닥에 빽빽했다. 그때는 이앙기가 보편화된 시절이 아니었기에 품앗이나 두레가 많았다. 그때 엄니 아부지도 팔 걷고 품앗이에 나섰다. 동네 조무래기들은 모심는 들판 앞에 모여 놀았다. 한편에 있는 아이들은 땅따먹기를 했고, 또 한편에 있는 아이들은 딱지치기를 했다. 나는 선천적으로 몸이 여물지 못해서 논두렁에 앉아 네 잎클로버를 찾거나, 못줄을 옮기거나, 막냇동생이 잡는 개구리만 들여다봤다. 그때는 그랬다. 핸드폰도 컴퓨터도 없었다. 동네가 떠나가라 소리를 지르며 놀았다. 밖에 한번 나가면 해 진 뒤 밥 먹으라는 소리가 들려야 집에 돌아오고는 했다.

한참 못줄을 옮기고 있는데 감나무집 아줌마가 점심 먹으라고 소리를 질렀다. 리어카에 실려 오는 밥, 부침개, 수육이 배를 요동치게 했다. 모심고 밥 먹는 날은 잔칫날이었다. 밥도 푸짐하게 담아 놓았고, 못 먹어 본 반찬도 찌개도 고기도 많았다. 그런데 찌개 중에 작은 새뱅이가 둥둥 떠다니는 것이 이상해 보였다. 한 숟가락씩 떠서 맛본 아저씨 아줌마 들은 너무 맛있다고 한소리를 질렀다.

음식에 겁이 없던 나는 새뱅이 떠다니는 찌개가 궁금했다. 고작 아홉 살이 무슨 맛을 알까. 하지만 입맛은 살아 있는 법! 새뱅이 몇 마리 떠다니는 한 숟가락을 입에 넣는 순간, 입안에서 터지는 그 맛은 밥그릇에 코를 박게 했다. 아니나 다를까 그날 밤 뱃병이 나서 설사를 오지게 했지만, 아직도 잊을 수 없는 첫맛은 매번 새뱅이 매운탕을 끓이게 한다.

생여

생여, 생에

밤나무집 할아버지가 돌아가셨는데 이상하게 초상집이 잔칫집 같았다. 한쪽에서는 울고, 한쪽에서는 화투장을 돌리고, 한쪽에서는 부침개를 부치고, 한쪽에서는 싸움이 일어났다.

부엌 처마에는 피 떨어지는 돼지 다리가 걸려 있었고, 아부지는 그 살을 뚝, 떼어다가 장작불에 구웠다. 그러면 흩어져 있던 사람들이 모여들어 소주 한잔씩 나눠 마시며, 오래전 집 나간 밤나무집 할아버지 아들인 앵두장수(잘못을 저지르고 자취를 감춘 사람) 정기 아저씨 이야기를 했다.

하나 있는 아들이 귀해서 그리 도둑놈으로 키웠느냐고, 동네방네 욕을 얻어먹던 할아버지는 화병이 들어 돌아가셨다. 딸만 셋 낳고 마지막으로 낳은 아들한테 도벽이 있을 줄 할아버지도 몰랐을 것이다. 그 아들이 어렸을 적 옆집 영선이 아버지 바지춤에서 돈을 훔친 것이 시작이었다. 그 뒤로 동네 집집이 하나둘씩 없어진 물건과 돈이 정기 아저씨 방에서 나왔다. 동네 사람이 정기 아저씨 방을 샅샅이 뒤진 날, 고등학생이던 정기 아저씨는 집을 나갔다.

밤나무집 딸들이 대문을 들어서자마자 곡을 했고, 뒤로 뒤집어졌으며, 꺽꺽 소리를 질렀다. 어찌 계시는지 진즉에 들여다봤다면 저 달려오는 설움이 덜했을까?

밤나무집 할아버지의 꽃상여가 마당에 놓였다. 상여꾼 여러 명이 담배를 태우며 관이 나오기를 기다렸다. 제(祭)를 지내고 나온 꽃상여를 메고, 집을 돌아 대문을 나섰다. 만장은 그리 많지 않았다. 밤나무집 할아버지는 아들 얼굴도 보지 못하고 저승길 가셨다.

성아들
수양아들

"진천댁이 아들헌티 콩팥 떠 줬다는디 들었남?"

"암만. 참말로 대단혀. 다 맞아야 헌다는디……."

"것도 건강혀야 주는 거 아닌감?"

"암만. 시상에 그런 인연도 읎지."

"암만혀도 둘은 전생에 진짜 모자지간였을 겨."

"몬 소리여."

"그렇지 않구서야 넘헌티 냉큼 콩팥을 떠 주남?"

"진천댁 귀에 들어가믄 자네 드잡이 당헌다니께."

"읎는 디서는 나라님도 욕허는 판에 암도 읎는디 몬 상관이
여."

"그라도 조심허랑께. 밤말은 거시기 쥐가 듣나? 새가 듣나?
여튼 다 듣는당께."

어르신들이 모이면 진천댁 이야기를 자주 했다. 진천댁은 아
이를 낳지 못했다. 들리는 말로는 아저씨가 남자구실을 못한다

고 했다. 부부 사이 일이야 부부만이 알 것이고, 진천댁은 아이를 너무 갖고 싶어 했다. 해서, 아저씨의 형제 중 둘째 동생의 막내를 아들로 삼았다.

성아들은 자신이 왜 큰아버지의 아들이 됐는지 몰라서, 까딱하면 자기 집으로 달려갔다. 그러나 집에 가면 진짜 아버지에게 작대기로 맞은 채 큰아버지 집으로 돌아오기 일쑤였다. 그러면 진천댁은 작대기를 맞고 돌아온 아들의 등에 약을 발라 주고는 했다. 그렇게 진천댁은 애지중지 아들을 대했지만 '어머니' 소리는 한 번도 들은 적이 없다고 했다.

잘 지내던 아들이 어느 날부터인가 비쩍비쩍 마르더니 힘없이 쓰러졌다. 양쪽 콩팥이 다 병들어서 이식밖에는 살릴 방법이 없다는 말에 두말 않고, 당신 것 가져다가 붙여 달라고 의사에게 매달렸다고. 인연은 인연인지 진천댁과 아들이 잘 맞았다. 진천댁은 당신 몸으로는 낳지 못했어도 콩팥 하나는 아들 몸에 들여 앉힐 수 있다며 행복하다고 했다.

수술실에 들어가기 전, 아들 손 꼭 잡고 기도했다는데…… 아들은 그 모습을 보고 그저 눈물만 흘렸다고 한다.

솔거루

솔가리, 소나무에서 떨어진 마른 솔잎

할머니는 찬바람이 불기 시작하면 마대와 갈퀴를 들고 뒷산에 올랐다. 산에 오르다 보면 마른 밤송이며 솔거루가 많았다.

아궁이를 쓰는 할머니 집은 솔거루가 첫 불로 놓기에 아주 좋았다. 갈퀴로 솔거루를 싹싹 긁어모아 마대에 넣고 한 짐이 되면 어깨에 둘러메고 내려왔다. 할머니는 그 일을 여러 번 반복해서 부엌 한귀퉁이에 마대 자루를 차곡차곡 쌓아 놓았다. 그 모양을 흐뭇하게 바라보다가, 밖에 나와 담배 한 대 입에 물고 먼 산을 바라보곤 하셨다.

솔거루 얘기를 하자면 삼거리집 이야기를 빼놓을 수 없다. 버스 정류소 근처에는 삼거리집이 있었다. 막걸리도 팔고, 차표도 팔고, 생과자도 팔던 구멍가게 삼거리집. 그 집도 아궁이를 쓰는 집이었다. 그때는 아궁이 아니면 연탄 때는 집이 대다수였다. 특히 삼거리집에 사는 할머니는 부뚜막과 솥을 아꼈다. 솥은 그 아까운 들기름으로 박박 세수 시키고, 돼지기름 덩어리로 반들반들하게 닦았다. 부뚜막은 내 얼굴보다 반들거렸다. 삼거리집 부엌은 어느 집보다도 깨끗했고 빛이 났다.

하루는 삼거리집 할머니가 산에서 솔거루를 잔뜩 지게에 짊어지고 내려왔다. 그걸 보고 아들이 뛰어와 큰소리로 할머니를 나무랐다. 그래도 할머니는 꿈쩍하지 않고, 마당에다가 긁어 온 솔거루를 내려놓았다. 한참을 툇마루에 앉아 숨 고르기를 하다가 아들이 가고 나서 부엌에 들었다.

삼거리집 할머니는 동네 대장부였다. 힘은 물론이고 마음 씀씀이까지 그랬다. 어려운 이웃에게는 속곳까지 벗어 준다고, 참으로 귀한 분이라고 사람들은 입을 모아 말했다.

부엌에 들어 마른행주로 솥을 쓱, 한 번 닦고는 물을 가득 부었다. 그러고는 마른 나무껍질과 장작, 솔거루를 아궁이에 넣었다. 첫 불이 솔거루에 시원하게 붙었다. 부지깽이로 아궁이 속을 정리하고 옆으로 뺐는데 글쎄, 부지깽이에 불씨가 붙어 있었는지, 신나게 해 온 솔거루에 옮겨붙어 불이 났다. 삼거리 할머니는 마당으로 달려 나오다가 넘어지고, 개는 짖어대고, 버스를 기다리던 사람들이 너 나 할 것 없이 물을 퍼 날랐다. "불이야!" 소리에 아들이 뛰어오다가 또랑에 빠지고, 목줄 풀어진 개는 뛰어

다녔다. 다행히 얼마 안 가서 불이 꺼졌다. 그런데 신기하게도 안방은 멀쩡하고 부엌만 탔다. 아주 까맣게 탔는데, 그걸 본 삼거리집 할머니가 하시는 말씀에 불 끄러 달려온 사람들이 맥없이 한참을 웃었다.

"아따, 오늘 밤은 따숩겠다."

쇳대

열쇠, 쇠때

논틀길로 해주 할머니가 걸어오고 계셨다. 그 꼬불꼬불한 논두렁 위를 한 치의 흔들림도 없이 뒷짐으로 중심을 잡았다. 저 꼿꼿함이 아흔이 넘은 해주 할머니의 힘인 듯했다.

해주 할머니는 북한 해주에서 살다가 6·25 동란 때, 인천을 거쳐 해변 따라 피난을 내려왔다. 엄혹한 시절, 결혼한 지 얼마 안 되어 할머니의 남편은 아궁이 속에 숨어 있다가 인민군에게 잡혀갔다고 했다.

첫사랑인 남편 분을 잊지 못해 이제나저제나 집에 돌아올까, 기다리다가 집이 폭격을 맞는 통에 몸만 빠져나왔다는데, 서글픈 해주 할머니가 밭에 앉아 이야기를 할 때면, 나도 모르게 눈시울이 붉어졌다. 그 첫사랑의 흔적도 무뎌지고 무뎌져서 가루도 남지 않고 바람 따라 날아간 지 오래되었을 텐데, 사는 내내 사내들에게 구애도 받았을 텐데, 한 남자를 잊지 못해 재혼도 않고 혼자 사시니 대단한 사랑이었다.

해주 할머니는 명주실로 묶은 쇳대를 목걸이처럼 걸고 다녔다. 시커먼 명주실에 달린 쇳대가 어디에 쓰이는 것인지 알 수 없었다. 목에서 한 번도 빼놓은 적 없다는 쇳대. 집 어딘가에 보물 상자가 있는 것은 아닌지, 내심 궁금해서 할머니에게 물었다.

"할머니, 혹시 집에 보물 상자 있어요?"
"와?"
"열쇠요. 혹시나 보물 상자 열쇠인가 싶어서."
"암만, 보물 상자 쇳대 맞지."
"참말요?"
"내가 온제 거짓부렁한 적 있남?"
"그 안에 뭐 들어 있는데요?"
"암것도 읎다."

찬바람머리 날, 참죽나무집 할머니와 툇마루에 맞은바라기로 앉아 늦은 옥수수를 먹다가 일어난 해주 할머니. 바지랑대에 빨래 걷으러 가는 도중에 쓰러져 돌아가셨다. 쓰러진 해주 할머니를 소리 높여 부르는 참죽나무집 할머니 소리에 동네 사람들이 달려왔다. 그렇게 돌아가신 해주 할머니를 방 안에 모셔 놓고 염(殮)을 할 때 할머니 목에 걸린 열쇠를 빼지 않고, 그냥 그대로 했다고. 일가친척 하나 없으니 누굴 부를 일도 없었다.
할머니 물건 정리하던 참죽나무집 할머니가 다락방 구석에서 작은 상자를 발견했다. 누구 하나 열어 보자고 말하지 않았다. 그 상자를 보자기에 곱게 싸서 할머니 산소 한쪽에 묻어 주었다.

해주 할머니가 늘 목에 걸고 있던 쳇대는 아마도 꼭 간직하고 싶은 할아버지와의 추억인지도 모르겠다.

시부정찮다

못마땅하다, 마음에 들지 않다, 시원하지 않다

빨간지붕집 할아버지와 할머니는 삼신할매가 점지해 주지 않아 자식도 없었고, 그냥저냥 논밭일을 하면서 두 분이 사이좋게 살았다. 그 집에는 자식맹키로 애지중지하는 개 복길이가 있었다.

개 이름이 왜 복길이냐 하면, 그때 당시 텔레비전에서 〈전원일기〉를 했는데, 할머니가 일용이 엄니의 손녀인 복길이를 참 예뻐했다. 얼굴도 통통하고 예쁘다며, 당신이 자식을 낳았으면 그 아이 이름을 복길이로 지었을 것이라 했다. 그런데 자식 복이 없으니 개한테라도 그 복스러운 이름을 지어 주겠다며, 복길이라 불렀다.

할아버지는 그 이름을 시부정찮아 했다. 걸핏하면 할머니에게 개 이름 통박을 놓았다.

"온제꺼정 복길이라 부를 겨?"

"나 죽을 때꺼정."

"온제 죽는디?"

"나가 아남? 염라대왕이 알겄지."

"왜 자네는 머스매를 복길이로 부르는 겨? 잉? 개도 지 체면이 있는디."

"개 체면이 뭐여? 당신 면이 안 서서 그라는 거 아는디 오따가 복길이를 갖다 붙이는 겨?"

"이름도 드럽게 지을 줄 모른다니께."

"나만 지을 줄 모르남? 당신 아부지도 만만찮어."

"울 아부지가 오뗘서? 잉?"

"막석이가 뭐여? 맨날 시들시들헌디 뭐가 막 서?"

"뚫린 게 주둥이라고 막 허자 이거지?"

성질이 머리끝까지 난 할아버지가 들고 있던 괭이를 집어 던지더니 내처, 복길이 집 앞으로 갔다. 그러고는 고무신 발로 복길이를 찬다는 것이 그만 복길이 물그릇에 빠져 버렸다. 거기까진 잘 지나간 셈인데, 복길이가 놀라 할아버지 다리를 물어 버렸다. 논란 할머니가 달려와 할아버지를 부축해 툇마루에 앉히고, 급한 대로 아카징키(빨간약)를 바르고 서둘러 동네 의원으로 향했다.

동네 사람들이 나와 할아버지 걱정을 한 바가지씩 하는데, 정작 할아버지 다리를 문 복길이는 무슨 일이 있었냐는 듯 하품을 늘어지게 했다. 시부정찮은 세월이 할아버지와 할머니의 뒷짐을 받쳐 주고 있었다.

쏙소리
상수리나무 열매

해마다 9월 말에서 10월 초쯤에 엄니와 함께 상수리 열매를 주우러 다녔다. 큰 상수리나무가 많은 곳을 알아 두고, 매년 그 곳으로 가방 하나 짊어지고 갔다.

"아따, 올해는 흉년 들었나 쏙소리가 많네."
"엥? 쏙소리가 뭐여?"
"쏙소리가 쏙소리지 그게 뭐라니?"
"첨 듣는 말인디?"
"쏙소리가 상수리여. 나도 울 아부지가 알려 줬당께."

쏙소리가 상수리라는 것을 나이 한참 먹고 알았다. 엄니는 쏙소리를 줍는 내내 올해 묵은 참 달겠다고 했다.

"농사 놓은 지 오래되니께 흉년이 드는지 풍년이 드는지 모르겠네."

"아까 헌 얘기가 뭐여? 흉년 들면 상수리가 많은 겨?"

"암만, 이 모든 것들을 다 내다본다니께. 사램만 모르지. 천지가 다 지들을 지켜 주고 있는 것을 모른당께. 흉년이 들믄 사램들 배곯을까 봐 쪽소리를 많이 열게 해 주고, 용케도 풍년이 들믄 쪽소리가 덜 열린다니께. 자연은 참말로 대단혀. 저 까치도 봐 봐. 올해 바람을 느끼고 태풍이 많이 올 것 같으믄 집을 낮게 짓는다니께. 그라고 태풍이 덜 올 것 같으믄 나무 꼭대기에 짓고. 사램들은 지들이 얼매나 저것들로부터 사랑을 받고 있는지 모른다니께."

"엄마는 사랑을 아남?"

"나가 사랑 그 자체여. 나가 너를 올매나 사랑하믄 먹던 물도 주겄냐. 여그저그 역병이 넘나드는디 넘은 절대 못 주지. 목구녕이 타들어 가는디 넘을 왜 주겄어."

엄니의 사랑이 넘쳐서 목구멍으로 넘어가던 물에 사레가 걸려 한참 기침을 해대는데, 갑자기 바람이 불어와 상수리나무를 건드리자, 쪽소리가 우두두두 떨어졌다. 그 소리에 엄니가 벌떡 일어나 콧노래를 부르며 쪽소리를 주웠다. 그해에 쑨 묵은 진짜로 달았으며, 묵밥을 여러 차례 해 먹었다.

씬나락

볍씨, 씨나락, 씻나락

아부지는 농사꾼이었다. 한 해 농사가 어찌 나오는지는 잘 모르지만, 농사치를 갖기 시작하면서 우리 집 쌀독에 쌀이 떨어지는 일은 없었다. 하지만 쌀독을 뒤집어 보면 그 속은 늘 쭉정이만 가득했다. 아부지의 가슴속이었다.

벼농사 지어 봤자 쌀값은 계속 떨어지고, 이제는 그만 짓고 싶다고 엄니에게 농담 반 진담 반으로 얘기를 던졌다. 엄니는 힘들면 짓지 말라고 했지만 아부지의 타들어 가는 속을 왜 모를까, 그저 먼 산만 바라봤다.

어느 날, 아부지가 쌀가마니를 어깨에 메고 내 작업실에 오셨다. 그리고는 빛 안 드는 서늘한 베란다 구석에 놓았다.

"씬나락여. 내년 봄에 쓸 거여. 귀한 거여. 귀한 딸 집에 귀한 거만 놓는 겨."
"내가 쫌 귀하지?"

씽긋 웃던 아부지가 간다는 말씀도 없이 현관문을 열고 나가셨다. 내년 농사 씬나락은 말 그대로 씨앗이다. 종자가 좋아야 열매도 좋다. 좋은 종자를 얻기가 힘이 드는데, 아부지는 찰배미 논에서 나온 쌀을 늘 씬나락으로 했다. 그 귀한 씬나락을 내 안에 덜썩, 갖다 놓고 저승 가신 아부지.

씬나락을 붙잡고 얼마나 울었는지 내내 제정신이 아니었다. 그 씬나락은 내 안의 씨앗이었다. 잘 심어 잘 가꾸고 살라는 아부지의 뜻이 있는.

씬나락을 정미소에 가져가서 도정했다. 그리고 쌀 한 줌을 아부지 밥그릇에 담아 두었다. 아부지에게 올리는 내 미래의 씨앗이었다.

아사리밭

덤불이 넓게 우거진 밭, 가시밭

"자네는 누구 찍을 겨?"

"그거 물으믄 안 된댜. 선거법인가 뭔가 그거 걸리믄 돈 내야 쓴다는디."

"시상 변헌 지가 온제인디 여즉꺼정 그러남? 거시기 누구 찍을 거냐고 전화는 오지게 오더만. 뭐시 무서워서 그려?"

"누가 잽혀갈까 봐 무서워서 그러남. 돈이 무서워서 그러지."

"걱정허덜덜 말어. 저 사램들 죄다 지 후보 찍으라고 난리 치는디. 그나저나 자네는 저늠 찍을 겨 이늠 찍을 겨? 나는 눈곱맹키라도 농사짓는 사램들 생각혀 주는 사램을 찍을 겨. 밭뙤기에 삽질헌 늠 다르구 안 헌 늠 다르당께."

"거 맞는 말이여. 입에 들어가는 거 죄다 농사진 것들인디 모른 체허믄 안 되지."

"암만, 접때 테레비 보니께 전쟁을 암시랑토 않게 야그허더만. 나가 쬐끄런혔어도 폭탄 터지던 소리는 여즉 들린다니께. 난리 통에 아부지 잃고, 엄니허고 오찌께 살았는디 전쟁 소리를 허는지. 겪어 보지 않았으믄 말이나 허덜 말지, 난리 통 겪은 늙은 이들은 속이 바들바들 떨렸을 겨. 시상이 오찌 되려나 죄다 아사리판이여."

"아사리 야그가 나와서 허는 말인디 오째 삼거리 밭은 기냥 놔둔댜? 오다 보니께 죄 아사리밭이더구만. 굴려 먹기라도 혀야지 보기도 그렇고."

"내 몸도 아사린디 오쩌겄어. 성식이헌티 맡겼는디 허기 싫어서 미적거리고. 기냥 몇 년 가지고 있다가 팔든지 혀야지."

"아깝네. 자네가 그 땅 살려고 똥지게꺼정 졌는디."

"오쩌겄어. 새끼라고 내 지난 과거 다 아는 것도 아니고. 이러다 죽으믄 그만이지."

장날, 대통령 후보 연설하는 장터에서 성식이 할아버지를 만났다. 인사하려다가 할아버지 친구 분과 담소 나누는 걸 보고 돌아서다 우연히 듣게 되었다.

뻥튀기 아저씨가 호루라기를 불었고 순간, '뻥' 소리가 나자 놀란 연설자가 귀를 막았다. 성식이 할아버지가 그 모습을 보고 껄껄 웃으셨다.

"다 뻥이여!"

애상바치다
속상하고 성질나다

번개탄 사러 동네 구멍가게에 가는데, 밭모퉁이 돌아 진아 집에서 아줌마 목소리가 길거리로 뛰어나왔다.

"나가, 저 냥반 땜시 애상바쳐 못살겄네. 오디 나 읎시도 함 살어 봐. 오째 사램이 나이를 처먹어도 변허지를 않는 겨."

대문 틈으로 보니 진아는 장독대 앞에 서 있고 진아 아버지는 툇마루에 누워 있었다.

진아 아버지는 동네 술꾼이다. 베트남 전쟁에 참전했다가 번 돈으로 땅 사고 집 샀는데 그걸로 끝이었다. 빈둥빈둥 할 일 없이 이 동네 저 동네 기웃대다가 술이 거나하게 취해 집에 들어오는 게 다반사였다. 집 안팎의 일은 진아 어머니가 다 하셨는데, 허구한 날 술타령에 지쳤는지 내 발걸음을 붙잡는 소리가 요란했다.

한번은 동지 앞인가 뒤인가 하여튼 어지간히 추웠던 날, 구멍

가게에서 술 마시다가 엎어진 진아 아버지를 어쩌지 못해 가게 아줌마가 나보고 진아 어머니를 모셔 오라고 했다. 한달음에 가서 진아 어머니한테 얘기를 했는데, 대뜸 하시는 말씀에 나도 모르게 처마에 매달린 고드름이 되었다.

"그냥 그 자리서 뒈지라고 혀."

그여 진아 어머니는 진아 아버지를 데리러 가지 않았고, 동네 이장님 손에 진아 아버지가 끌려오다시피 했다. 그러니 진아 어머니 속도 속이 아니었을 것이다. 매일 술타령하는 남편이 뭐 좋을 게 있을까. 술 깨고 한다는 소리가 여자 타령은 안 하니 이만하면 괜찮지 않느냐는 헛소리인데, 기가 막히다 못해서 코까지 막히니 애상바치고 주먹까지 나올 일이다.

진아 아버지는 알코올 중독자가 되어 요양원에서 살다가 돌아가셨다. 일찌감치 짐 싸 들고 나간 진아는 서울 어딘가에서 회사에 다니고, 진아 아버지 요양원에 들어가자마자 진아 어머니도 진아 따라 서울로 갔다.

애상바쳐 살던 그 시절은 지난 지 오래고, 애상바쳐 살았던 사람들도 떠난 지 한참이다.

왕탱이

바두리, 말벌

허구한 날 술을 드시는 나성댁 할머니 목소리에 마당에 묶어 놓은 개 돌돌이가 컹컹 짖었다. 그러자 나성댁 할머니 술기운 가득한 목소리로 고함을 질렀다.

"왜 자꾸 지랄이여? 나가 웃긴감? 쓰잘데기읎는 소리 허덜 말 어."

돌돌이한테 하는 소리인지 집 나간 아들한테 하는 소리인지 알 수 없는 마음이 담장을 넘나들었다.

나성댁 할머니는 아들 하나 보고 산 분이다. 아주 오래전에 할아버지가 탄광 사고로 돌아가시고, 아들 하나 잘 키워 보자고 애걸복걸 찌그락째그락 살았다. 하지만 그 아들은 어머니의 마음을 아는지 모르는지 든 버릇 남 못 준다고 소드락질(도둑질)을 해대던 사람이었다. 그러다가 찔레꽃머리에 달안개 헤치며 집을 나가 돌아오지 않았다.

할머니는 열리지 않는 아들 방문을 매일 열어 보았고, 밥 한 그릇씩 더 해서 밥솥에 넣어 두었다. 집 나간 지 10년이 지나도록 오지 않는 사람 기다리지 말라고, 동네 할머니들은 닻별을 끌어다가 마루에 얹어 놓았다.

옹송망송한 상태로 일어난 나성댁 할머니가 휘청거리며 뒤꼍으로 가더니 작대기를 들고 나왔다. 그러고는 돌돌이를 향해 작대기를 들었는데, 한 대도 못 때리다가 건드려서는 안 되는 처마에 달린 왕탱이 집을 건드렸다. 다음 일은 불 보듯 빤했다. 왕탱이가 떼거지로 윙윙거리더니 돌돌이를 공격했다. 한참 동안 왕탱이한테 공격을 당한 돌돌이는 끝내 저승으로 갔고, 술이 깬 나성댁 할머니는 내가 무슨 짓을 한 거냐며 엉엉 울었다. 처마에 달린 왕탱이 집을 함부로 건드릴 수 없어 그냥 내버려 뒀던 것이 사달이 난 것이다. 아들 대신 의지하고 지냈던 돌돌이를 놓치고, 한동안 눈물 바람이던 나성댁 할머니. 119가 와서 마당에 쓰러진 할머니를 모시고 간 날, 왕탱이 집도 텅 빈 채로 부서져 나갔다.

웨지
오이지

황소숨을 내쉬며 달려온 안동 아줌마가 엄니를 불렀다.

"있남?"
"무신 일 있슈?"
"웨지 있남?"
"또 찾는규?"
"난제에 배로 줄 테니께 서너 개만 줘 봐."
"됐슈."

안동 아줌마의 시아버지는 계절 상관없이 웨지를 잘 드셨다. 서너 개밖에 남지 않은 이로 잘게 씹다가 우물우물 넘겼다. 입주름이 자글자글해 꼭 산 고랑 같았다.

안동 아줌마는 100세 가까운 시아버지를 참 잘 모셨다. 아침 저녁으로 산책을 했고, 드시고 싶다는 것은 어떻게 해서든 밥상 위에 놓았다. 그 효심이 마을을 흔들었고, 효부상까지 받았다. 그런데 아줌마에게는 아저씨가 없었다. 시아버지와 단둘이 살았다. 한때 된바람 같은 소문이 아줌마에게 몰아치기도 했다. 시아버지와 정분난 아줌마. 그런 소문에도 아랑곳하지 않고 아줌마는 열심히 일했고, 정성을 다해 시아버지를 모셨다. 나중에 들은 이야기로 시아버지가 광주리, 소쿠리, 채반을 지게에 짊어지고 아들과 함께 팔러 다니다가 단양과 영주 그 어디쯤에서 아줌마를 만났다고 했다. 아줌마의 남편은 서너 달 같이 살다가 결핵으로 돌아가셨고, 시아버지가 아줌마를 재가시키려 했으나, 고아인 당신이 아버지로 모시고 살겠다며 꾸역꾸역 길 따라 충청도까지 왔다고 했다.

유일하게 의지했던 밀양 할머니가 어딘가로 가 버리고 난 후 안동 아줌마는 한동안 밖에 나오지 않았고, 아들 몫까지 이어받아 살던 시아버지가 주무시다가 돌아가시자, 아줌마는 더 이상 웨지를 가지러 오지 않았다. 그렇게 쪼그라든 웨지로 살았다. 그래도 마을 어른을 잘 보살피다가 돌아가셨다고 아줌마는 마을 장(葬)으로 꽃상여를 탔다. 그렇게 여러 개의 만장이 파란 하늘에 펄럭였다.

으붓어매

으붓어미, 의붓어머니

막노동을 하다가 암에 걸려 위를 절반 잘라내고 고향으로 돌아온 구천면에 사는 아리랑 아저씨. 당신 아버지 죽었다는 소리에도 끄떡 않고 오지 않았던 고향을 귀밑머리 하얗게 변해서야 돌아왔다.

아리랑 아저씨는 아리랑을 구성지게 잘 불러서 동네 자랑거리였다. 군민 체육대회나 동네 경로당 잔치 때마다 특별 가수로 초대되어 부른 모든 노래가 아리랑이었다.

아리랑 아저씨 집 내력을 보면 아저씨 아버지 어머니는 노래를 참 못하셨다. 음 이탈은 귀여운 수준이고 소리 자체가 벙어리 매미였다. 그런데 아리랑 아저씨는 어떻게 그리 노래를 잘 부르는지 모를 일이었다.

"엄마, 어째 아리랑 아저씨는 아리랑만 부를까? 그리고 목소리가 왜 마냥 좋아?"

"아는 사람은 그 소리가 애타는 소리인 줄 알 겨. 그 속이 왜

병 걸린 줄 아남? 철구 어매가 으붓어매여. 아리랑은 죽은 친어
매가 잘 부르던 노래고."

아리랑 아저씨의 이름은 철구고, 아리랑 아저씨의 엄니는 으
붓어매고, 아리랑 아저씨가 부르는 아리랑은 아저씨의 친엄니가
잘 부르던 노래고, 아리랑 아저씨의 목소리는 친엄니의 목소리
고. 실타래보다 복잡한 이야기가 술술 풀리는데.

"다 지난 시절 얘기니께 허는 말이지, 철구 아부지가 철구 친
엄니를 많이 때렸지. 맞다가 질려서 어린 철구 두고 도망을 친
겨. 친정으로도 안 가고 아랫녘으로 갔다더만. 철구가 네 살 이
짝저짝 됐을 때, 병들어 죽었다는 소식이 왔다는디…… 철구 아
배가 나쁜 놈이여. 그 작은 몸에 때릴 데가 오디 있다고 사램을
패는지, 동네방네 철구 아배 잡아가라고 난리 쳤는디 그때뿐이
여. 그 뒤로 철구 아배가 여자를 데불고 왔는디 철구 으붓어매
아닌감. 그 여자헌티는 손 한번 안 댔다는디, 벨일이지. 여튼 철
구헌티는 잘혔어. 철구도 친어매로 알았고. 그랬다가 중학생 땐
가 동네 아그들이 얘기혔는지, 누가 얘기혔는지 몰러도 철구가
그 사실 알고는 즈 아배 멱살을 한번 잡았다가 놓고 그대로 집을
나가 부렀잖어. 으붓어매는 철구 찾는다고 오만 데 쑤시고 찾는
디, 참 거시기허드라고. 낳은 정보다 기른 정이라더니……."

은행낭구
은행나무

내 나이 스물 그 언저리쯤에 이문구 선생님을 만났다. 내 어린 시절 살았던 관촌의 이야기를 쓰신 분. 한창 문학에 빠져서 허우적거리던 시기에 신문이나 책에서 보던 선생님을 대천역에서 처음 만났다. 그때 이문구 선생님은 바바리코트를 입고 바람을 가르며 가고 계셨다. 순간, 인사라도 해야 할 것 같아서 달려갔으나 정작 아무 말도 못 한 채 바바리코트 자락만 잡았다. 이문구 선생님은 깜짝 놀라 나를 바라보다가 미소를 지으셨는데,

그 모습이 아직도 사진처럼 내 눈에 남아 있다.

청라면 장산리 이문구 선생님 집필실은 우리 할머니 집 방향 화암서원 돌기 전에 있었다. 버스를 타고 할머니 집에 갈 때마다 청라 저수지보다 먼저 눈길이 가닿던 곳.

으스름달이 뜰 무렵, 이문구 선생님 집필실 앞에서 안학수, 서순희 작가와 함께 고기를 구워 먹었다. 그때 내 옆에 이문구 선생님이 계신다는 생각으로 가슴이 벅차올라 고기가 콧구멍으로 들어가는지 목구멍으로 들어가는지 몰랐다. 선생님은 우리들이 하는 얘기를 듣고 말없이 웃기만 하셨다. 그러다가 한 말씀을 하셨다.

"경희야, 너는 어떤 작가가 되고 싶니?"

촌구석에서 글 같지도 않은 글을 쓰고 있는 내게 어떤 작가가 되고 싶냐, 는 선생님 말씀이 너무 벅차서 휘청거렸다.

"작가는 네 부류의 사람이 있는데, 첫 번째 부류는 글도 못 쓰면서 성격도 안 좋은 사람이고, 두 번째 부류는 글은 잘 쓰는데 성격이 안 좋은 사람이고, 세 번째 부류는 글은 못 쓰는데 성격이 좋은 사람이고, 네 번째 부류는 글도 잘 쓰고 성격도 좋은 사람이다."

나는 몇 번째 사람일까? 두고두고 가슴에 남아서 글을 쓸 때마다 되새김질하게 되는데…… 얼마 전까지만 해도 곁에 계시던 분이 한 줌의 가루로 돌아와 뿌려진 생가와 집필실을 빙빙 돌다가, '선생님, 저는 그냥 쓰고 싶어요……' 말끝을 흐렸다.

　이제는 모두 옛날이 되어 버린 것들을 선생님 집필실의 은행나무는 추억으로 되새기며 청라 저수지 물비늘에 은행잎을 놓는 가을이 되었다.

충청도 마음사전

4부

그래도 우린 살아간다

자갈배미
자갈논

아랫동네에 장구 할아버지가 살았다. 동네에 잔치 치를 일만
생기면 장구를 들고 어디선가 짜잔~ 나타났다. 한 손에는 채와
궁구리채(궁굴채)를 들고 상쇠보다 먼저 부리나케 달려왔다.

젊었을 적에는 굿 장구를 쳤다는 장구 할아버지. 먹고사는 일
도 하면서 궁구리채도 휘둘렀다는 장구 할아버지를 사람들은
'굿 한량'이라고 불렀다. 굿 한량이라고 부르면 웃음이 나오기도
하지만, 그 안에는 속 아픈 밀양 할머니 이야기가 들어 있다.

장구 할아버지 부인은 밀양댁이라 불렸다. 밀양 할머니가 어
떻게 이 충청도 작은 마을로 시집을 온 것인지 알 수 없었다. 뜬
이야기 중에는 장구 할아버지가 굿 장구를 치며 전국을 떠돌다
가 밀양 그 어디쯤에서 만나 살다가 왔다는데, 굿 음식을 만들다
가 장구 할아버지에게 첫눈에 반해 살게 되었다고. 그 이야기가
가장 맞는 것 같았다.

밀양 할머니는 늘 일만 하셨다. 젊었을 적에 시집와서 눈 뜨
자마자 하는 일이 밥 지어 놓고, 자갈배미에 나가서 하루 종일

돌을 골라내는 것이었다. 자갈배미 사들여 늘린 논이 다섯 마지기는 족히 넘으니, 가난을 등에 짊어지고 살던 장구 할아버지는 밀양 할머니로 인해 자연스레 배부르게 살았다. 한데, 이 지각없으신 굿 한량 장구 할아버지가 밀양 할머니를 내쫓았다. 자식을 세 명이나 낳고, 자갈배미를 기름진 땅으로 바꿔 놓고, 이제 좀 허리 펴고 사나 싶더니 장구 치던 할아버지가 다른 여인과 눈이 맞았다. 그냥 내외하고 사시면 좋았을 것을 눈 맞은 분이, 그러니까 첩 되는 분이 밀양 할머니를 사랑방으로 몰더니 결국은 장구 할아버지 손에 내쫓기게 했다. 밀양 할머니는 자식들 손잡고 없는 친정 찾아 밀양으로 갔다는데, 어찌 되었을까.

동네 사람들은 장구 할아버지를 똥개 보듯 하며 혀를 찼다. 잔칫날에도 장구 할아버지는 얼씬도 못 하게 했다. 결국 할아버지는 밀양 할머니가 허리 휘어 가며 만들어 놓은 기름진 논을 다 팔아먹고 동네를 떠났다.

한참 지난 이야기지만 왜 이렇게 쓸쓸한 건지, 밀양 할머니 흥얼거리던 노랫소리가 여직 잊히지 않는다.

"날 좀 보소, 날 좀 보소, 날 좀 보소 동지섣달 꽃 본 듯이 날 좀 보소~ 아리아리랑 쓰리쓰리랑 아라리가 났네 아리랑 고개로 날 넘겨 주소."

장그랑 이 군시럽다고
작은 이 때문에 간지럽다

선이네 아줌마는 말 많기로 소문이 났다. 선이네 아저씨가 그만 좀 하고 다니라고 면박을 줘도 한 귀로 듣고 한 귀로 흘려보냈다. 그러고는 아저씨 뒤에 대고 조용히 잘 들으라고 한마디씩 했다.

"내 야그를 들어 주지도 않으믄서 몬 잔소리가 입에 붙었나 몰러."

세상 온갖 이야기를 어디서 물어 오는지 선이네 아줌마가 지나간 길은 시끌시끌했다.

"접때 찬식이가 지 아부지 시계 훔치다가 걸려서 개 맞듯이 맞았댜. 애가 초주검 됐다는디 지금은 어떤가 몰러."
"밤나무집 성님이 장에 갔다가 쓰리꾼헌티 홀랑 털렸다는디, 올매나 털렸다는 야그는 안 허더라구."

"저 윗동네 엄나무집 성님허고, 아랫집 성중이네허고 막걸리 마시고 드잡이질허고 난리도 그런 난리가 없었다네."

다행인 것은 동네 사람들 이간질은 시키지 않는다는 것인데, 말이 많아서 입이 아프지 않을까 싶은 정도였다.
하루는 엄니가 선이네 아줌마 지나간 길 끝에 조용히 나만 들으라고 한마디 하셨다.

"장그랑 이가 군시럽다는디 동네서 젤루 작은 것이 주둥이를 오째 저리 털고 다니나 몰러. 아갈대구 다니다 작살날 텐디 오쩌려구 저런댜."

동네 뉴스 전달하는 선이네 아줌마 덕에 집집이 어떤 일이 있었는지 밥그릇 사정까지 알았다. 지금이야 손가락 까딱하면 인터넷으로 세계에서 무슨 일이 일어나는지도 다 알지만, 그 가까운 옛날에는 입에서 입으로 전해지는 웃기고 슬픈 이야기가 많았다.

장꽝

장독대

장대추위 길어지던, 소 눈알 같은 눈이 소복소복 내리던 날 밤. 항아리 줄줄이 깨지는 소리가 조용하던 마을을 흔들었다.

"느놈은 인제 내 새끼가 아녀! 당장 나가!"

쩌렁쩌렁 울리던 목소리의 주인공은 동네 양반이라고 큰소리 한번 안 내던, 한옥에 사는 주 씨 할아버지였다. 조그마한 몸에 걸음걸이도 조심스러운 분의 목소리가 담장에 담장을 넘어온 것은 대단히 큰일이 일어났다는 것이다.

잠에서 깬 아부지는 신경 쓰지 말라고 했지만, 베개를 베고 누워 있다가 항아리 깨지는 소리에 놀라 일어났다가 누웠다를 반복했다.

주 씨 할아버지 집 울타리 안에 있는 장꽝은 참 아름다웠다. 어찌 그리 예쁘게 해 놨는지, 한참 동안 장꽝 옆에 서 있다가 오곤 했다. 한옥집 할머니가 귀하게 만들어 놨다는 장꽝은 기도가 가득한 곳이었다. 새벽에 눈을 뜨면 몸을 정갈하게 하고 맑은 물을 장꽝에 올려 기도했다는 할머니. 장꽝 신에게 장을 잘 돌봐 달라고 하고, 넘어가는 달에게 그저 무탈을 기도했다는 할머니의 두 손은 관절염으로 손끝이 비틀어졌다. 그런 할머니가 세상을 떠나고 무탈은 계속되는 듯했으나, 그것도 잠깐이었다.

아침 논을 둘러보고 들어온 아부지가 밥상머리에 반찬처럼 할아버지 얘기를 꺼내 놓았다.

"절간이데."

"갔깐?"

"읎더라구."

"할아버지는 아침이라도 드셨나?"

"목구녕에 거미줄이 엉켜 있을 텐디 무신."

"암만."

어쩜 이리 짧은 대화인지, 두 분의 대화 속에 엄청 많은 이야기가 담겨 있는 듯한데 도통 알 수 없는 암호가 왔다가 갔다.

며칠 지나 주 씨 할아버지가 병원으로 실려 갔다. 할머니가 정성으로 모셨던 장꽝에는 깨진 항아리가 여기저기 흩어져 있었다.

조용하던 주 씨 할아버지 집에 사람이 들락거리기 시작했다. 황소숨을 쉬는 할아버지 아들이 따라다녔다. 그렇게 조용한 발걸음으로 토방을 밟던 할아버지는 돌아오지 않았다.

지난 이야기로 주 씨 할아버지 아들이 집을 팔자고 했다는데, 주 씨 할아버지가 안 된다고 하자 성질을 못 이기고 항아리를 깼다고 한다. 며칠 앓다가 일어날 줄 알았던 할아버지는 그대로 돌아가셨다는데, 상심의 무게가 죽음의 무게라도 되는 듯 귀퉁이 무너진 장꽝만 먼지로 뒤덮여 늙어 가던 세월이 있었다.

장물

간장

    길창이네 할머니는 장을 참 잘 담갔다. 당신이 직접 농사지은 콩으로 메주를 뜨고, 그 메주로 장을 담그는데, 어쩜 그리 똑소리 나게 담그는지 바닷가 근처에 사는 사람들이 직접 배우러 올 정도였다. 하지만 장을 어떻게 담그는지만 말로 설명하고는 아무것도 보여 주지 않았다.

    길창이네 할머니는 장을 담그는 날이면 새벽부터 목욕을 하고 몸단장을 바르게 했다. 그러고는 장꽝 위에 첫 물을 떠 놓고 두 손을 곱게 모으고 기도를 드렸다. 당신만의 아주 중요한 의식을 조용히 치렀다.

    장을 담그는 날, 길창이는 집에 들어가지 않았다. 이 집 저 집 돌아다니다가 장을 다 담근 뒤에야 들어갔다. 목욕을 하지 않으면 부정을 탄다는 말에 씻는 걸 싫어하는 길창이는 스스로 대문 밖으로 나왔다. 어린 길창이의 선택에 누구 하나 뭐라고 하지 않았다.

    비바람이 호되게 불던 날 아침, 길창이네 할머니의 목소리가 담을 넘어 들렸다.

"오째 이런 겨. 왜 장물이 뒤집어진 겨."

장물이 뒤집어지면 집안도 뒤집어진다는 말이 있다. 그 말이
진짜인지는 모르겠으나 그날 일은 아직도 생생하다.

장물이 뒤집어진 날, 길창이네 할머니는 커다란 갱엿을 사다
가 독에 넣었다. 그러고는 아픈 허리를 붙잡고 약수를 떠다가 장
꽝에 놓고 기도를 했다. 천지신명님께 빌고 또 빌었다. 한데, 그
날 밤 길창이 아버지가 술 마시고 오다가 다리에서 떨어지는 사
고를 당했다. 팔이 부러지고 발목이 골절됐지만 다른 곳은 이상
이 없었다. 다행인지 불행인지 아니면 할머니의 기도 덕분인지
모르겠으나, 장물이 뒤집어진 날 맞춰서 사고를 당한 길창이 아
버지는 할머니의 잔소리와 한숨과 걱정을 많이 받아서 술을 끊
었다.

길창이 할머니는 돌아가시는 마지막 순간까지 장꽝을 벗어나
지 않았다. 할머니가 아는 모든 신을 한곳에 모셔 두었다.

종그락

바가지

"정길이가 이혼헌 것도 다 종그락이를 깨지 않아서 그려. 미
신이라고 지랄허고 기냥 넘어가더니 그리된 겨. 오째 사램 말을
귓등으로 듣는지 몰러. 나가 기냥 허는 소리가 아녀. 종그락이를
깨야 잡귀가 물러간다니께. 나도 시집올 때 다 깨고 온 겨. 그러
니 이리 살지. 아니믄 저 영감 놓고 벌써 딴 영감헌티 갔다니께."

"그람 종그락이 깨서 여즉 산 겨?"

"암만, 나가 그때 종그락이를 깨지 말았어야 혀. 그걸 깨 부러
서리 술부대 양반허고 여즉 사는 겨."

"허긴 그려. 아저씨가 술부대지. 접때도 보니께 오디서 거나
허게 마셨나 동네 개 다 깨우고 오더만."

"뭐시 그려? 자네 영감은 안 그런감? 우리 집 영감보다 더허
믄 더혔지 덜허지는 않더만."

"뭐시 더혀?"

"창석이네서 술 마시고는 장독 깼지 아마. 창석이네가 그 뒤
로는 자네 영감허고는 술 마시지 말라고 당부혔다고 허더만. 한

번만 더 마시믄 이혼허자고 했댜."

"그깐 일로 무신…… 나이 처묵을 대로 묵은 양반이 이혼은……."

"씨간장이랴. 대대로 내려오는……. 그걸 깨부줬으니 이만저만 승질이 나겄어, 안 나겄어? 자네라믄 아마 고래고래 소리 지르고 난리 부르스를 췄겄지만, 창석이네는 착해서리 암 소리도 안 하더만."

영집이네 엄니하고 석기네 엄니하고 종그락이 얘기에서 씨간 장독 얘기를 하다가 말싸움이 붙었다. 웃고 넘기기에는 배가 바다 한가운데를 가고 있으니, 한쪽이 꼬리를 내리고 집으로 돌아가야 끝날 일이었다.

종그락은 박 속을 긁어내 삶아서 그늘에 말린 것이다. 어릴 적 할머니 집에서도 쓰던 것인데, 어느 순간 주황색 플라스틱 바가지로 바뀌었다. 지금이야 세상 좋아져서 모든 것들이 초스피드로 진화하지만, 그 옛날 어찌 박 속을 긁어내어 바가지로 쓸 생각을 했는지……. 돌아보면 신기한 것투성이다.

지름떡
부침개

    밖에 비는 주룩주룩 내리고, 개는 발발 떨고, 까물까물 눈가물 치는데, 어디선가 들기름 냄새가 고소하게 콧구멍으로 들어왔다. 이불 속에서 발가락만 꼬물거리다가 이 기막힌 기름내에 콧구멍 벌렁거리며 기어 나왔다.

    부엌에 들어 보니 애호박 채 썰고, 감자는 강판에 갈아 넣고, 조갯살에 매운 고추까지 고명으로 얹은 지름떡이 눈앞에 확 펼쳐졌다.

"내 생일이여?"
"꽃닭 할아버지 생신이여. 혼자 계실 텐디 몇 장 더 부치믄 갖다 드리고 와. 갈 때 넘어지지 않게 조심허고."

"내가 애여. 맨날 넘어지게?"

"애지 그럼. 쬐깐헐 때부터 잘 넘어지더니 나이 들어도 넘어지더만."

"내가 온제 넘어졌간?"

"그제도 수돗가에서 나오다가 엎어지더구만."

군말도 못 하고 지름떡 찢어 먹다가 손가락 데고, 비 내리는 거 보다가, 그릇 들고 꽃닭 할아버지 집으로 향했다.

할머니 돌아가신 지는 20년이 훌쩍 넘었고, 자식도 없이 혼자 사시는 꽃닭 할아버지. 논농사 밭농사 할 것 없이 닥치는 대로 하다가 만난 게 꽃닭이었다. 화려한 닭을 보고 꽃들이 돌아다닌다고 생각한 할아버지는 망설일 것 없이 닭장을 지어 꽃닭을 사 들였다. 꽃닭은 가족이고 벗이라며, 손 타지 않을까 걱정에 밤잠을 여러 날 설치기도 했다.

꽃닭 할아버지가 꽃닭만큼 좋아하는 것이 있는데 그게 지름떡이다. 할머니가 자주 해 줬던 것이 부추 지름떡인데, 부추를 손으로 끊어서 갠 밀가루 위에 놓아 지지면 아주 맛있었다고, 가끔 울 엄니한테 해 달라고 부탁하시곤 했다. 그러면 엄니는 부추를 손가락 두 마디 정도로 잘라 드시기 좋게 해 드리는데, 못마땅한 얼굴을 하시다가 그냥저냥 다 드시고 가셨다. 꽃닭 할아버

지의 지름떡 사랑은 할머니에 대한 그리움이고 사랑이란 생각이
들었다.

　이 밖에도 호박 착착 까서 깻잎을 얹은 지름떡, 감자 갈아 넣
은 지름떡, 늙은 호박 배 갈라 씨 긁어내고 속을 움푹 까서 찹쌀
가루에 개서 한 지름떡을 드셨다.

　할아버지 집 대문을 여니 꽃닭이 먼저 눈에 들어왔다. 이십
대의 나보다 더 화려했다. 한참 동안 꽃닭을 보고 있는데 할아버
지가 불렀다.

　"꽃닭 눈독 들이지 말어."
　"꽃닭이 절 눈독 들이는데요."

　할아버지와 둘이 실실 웃다가 지름떡을 드리니, 막걸리 없이
도 '밤 깊은 마포 종점'이 흘러나왔다.

짓잎국

절인 배춧잎이나 절인 무청을 삭힌 것으로 끓인 국

우물집 할머니와 할아버지가 청올치(노끈)를 엮느라 바빴다. 할아버지가 산에서 칡덩굴을 끊어 오면 할머니는 속껍질을 벗겼다. 그러고는 1년 농사맹키로 청올치를 엮었다. 그렇게 감아 놓은 청올치로 고춧대도 잡아 주고, 농사에 필요한 끈으로 사용했다.

할머니는 음식 솜씨가 아주 좋았다. 동네잔치를 할 때는 음식을 도맡아 했고, 동네 아줌마들은 할머니 지휘에 따라 움직였다. 그중에서도 모심다가 참으로 나온 짓잎국은 일품이었다.

절인 배춧잎을 물에 바락바락 씻어서 짠 기를 빼고, 쌀뜨물에 새우젓을 넣고 끓이면 배 속 창사구(창자)가 먼저 냄새를 맡고 밥 달라고 난리를 쳤다. 짓잎국 냄새에 품앗이하는 어른들은 누가 먼저랄 것도 없이 밖으로 나왔다. 그러고는 그 뜨거운 국 한 대접을 물 마시듯이 후루룩 삼켰다.

지금은 묵은지를 빨아서 쌀뜨물에 돼지고기, 새우젓을 넣고 바글바글 끓이지만 할머니가 끓인 짓잎국은 아주 달랐다. 배춧

잎은 아싹했고 국물은 시원했다.

할머니가 암으로 돌아가시자 할아버지는 서울에 있는 딸네로 가시고, 그 집은 지금 길이 됐다. 지나온 시간은 옛날이야기가 되어 버린 지 오래고, 할머니가 끓인 짓잎국은 생각의 맛으로만 남았다.

찰몽싱이

찹쌀에 새순을 넣어 버무려서 시루에 찐 떡

찰몽싱이는 겨우내 나뭇가지 속에 움츠렸던, 봄날 언 땅을 밀고 올라오는 새순을 캐어 끊어다가 쑥버무리맹키로 찹쌀에 버무려서 시루에 찐 떡이다. 나무 중에서도 화살나무의 싹이나 느티나무 싹을 찹쌀에 버무려 쪄 먹으면 그 맛이 아주 좋다.

절에 살 때, 어느 노보살님이 보자기에 시루를 싸서 깊은 산길을 걸어 올라오셨다. 그러곤 곧장 법당에 올라 부처님께 떡을 올렸다. 한참 동안 기도하고 내려온 보살님이 시루에 담긴 찰몽싱이를 먹어 보라며 입에 넣어 주셨다. 그런데 한 번도 먹어 본 적 없는 맛이었다. 나승개, 쑥, 보리싹, 세발나물, 광대나물 맛이 막 어우러진 것이 묘하게 맛이 있었다. 그 흔한 나물의 흔하지 않은 맛을 부처님이 보시니, 보살님의 손에서 조화로움이 나와 어우러짐으로 넘쳤다.

창꽃

진달래, 두견화, 참꽃

온 산에 창꽃이 필 때면 아부지는 산으로 갔다. 허리가 좋지 않은 엄니에게 창꽃을 보여 주기 위해 한 아름씩 꺾어 오고는 했다. 그러면 엄니는 창꽃의 꽃잎을 떼어내 꽃달임(화전)을 해 주었다. 꽃달임 하는 날이면 아부지 친구들도 와서 함께 나누었다. 달군 프라이팬 위에 찹쌀가루를 반죽해 동글납작하게 놓고, 창꽃과 밭에 핀 매화 꽃잎을 놓았다. 다 익은 꽃달임을 아부지는 꿀에 찍어 한가득 입에 넣어 드셨다. 그 순간의 웃음과 행복은 무엇과도 바꿀 수 없는 것이었다. 엄니에게 창꽃은 어우러짐의 행복이고 어린 시절 배고픔을 달래 주던 것이었으나, 한편으로는 꺼내 놓기 힘든 아픔이었다.

어릴 적, 엄니는 동무와 함께 창꽃을 따러 산에 올랐다. 햇살도 좋고 바람도 좋아 그저 즐거운 시간이었다. 그런데 한 소쿠리 창꽃을 따 가지고 내려오다가 미끄러져 엄니의 동무가 산 아래로 굴렀는데, 안타깝게도 그분은 절름발이가 되었다고 한다. 한

동안 충격에서 벗어나지 못한 어린 엄니는 내내 당신이 산에 가자고 해서 그런 것 같다고 죄책감을 가졌다고 했다. 고향 떠나 전라도 어딘가에 산다는 이야기를 풍문으로 들었지만, 나이 팔순이 다 되어 가는데도 만날 용기가 나지 않는다고 했다. 엄니는 슬픈 이야기를 다시 꺼내며 과거가 마치 오늘인 듯 긴 숨을 방바닥에 흩어 놓았다.

아부지 저승 가신 지 10년이지만, 매년 봄이 올 때마다 창꽃 얘기를 하시는 엄니. 그 얘기를 들을 때마다 못 들은 척하고는 산에 가서 아부지 대신 창꽃을 꺾어 왔다. 그러면 창꽃을 안고 환하게 웃으며, 꼭 하는 짓이 지 아배하고 닮았다고 지난 이야기를 두런두런 하신다.

"올해도 곱게 폈구만. 당신 가고 해마다 창꽃은 피는디, 당신은 피지도 않고, 내 곁에 읎네."

아부지도 매년 창꽃으로 피고 진다면 어떨까. 누구나 가슴속에 피고 지는 꽃이 있을 것이다. 그 꽃이 어떤 모습으로 어떤 향기를 내는지 모르겠지만, 그저 품는 것만으로도 가슴 아리는 사람이 있을 것이다.

칠월낭구

여름에 해 두었다가 겨울에 때는 나무

　서낭골 명암 할매는 한여름에도 지게에 나무 한 짐씩을 짊어
지고 산에서 내려왔다. 사람은 쬐끄런한데 등에 진 나무는 산을
옮겨 오는 듯했다. 어찌나 힘이 센지 웬만한 남자 어른들은 축에
도 못 끼었다.

　지금은 보일러 버튼만 누르면 그만이지만 옛날에는 연탄이나
나무를 해다가 방 안을 따뜻하게 했다.

　명암 할매가 짊어지고 온 나무는 뒤껻에 차곡차곡 쌓였는데,
어찌 그리 예쁘게도 쌓았는지 그림 같았다. 땀이 옷을 적시고 쪽
진 머리는 엉클어져서, 수돗가에 가서 옷 입은 그대로 물을 끼얹

었다. 삼복더위에도 찬물은 피하라는 딸내미 말은 그저 지나가는 참새 소리일 뿐이었다.

"아따~ 성님은 아즉도 장사여."

옆집 사는 동구 할매가 지나가다가 물소리에 빠꼼하니 대문 안을 들여다봤다.

"나무허고 왔더니 쉰둥내가 나서리. 밥은 먹은 겨?"
"밥때 지난 지 여러 날이구만."
"벌써 그리 됐남?"
"온제 갔다가 오신 규?"
"돋을볕 뜰 때."
"그람 뱃가죽이 등짝에 붙었겠구먼. 언능 한술 뜨슈. 저 많은 걸 온제 헌 겨. 참말로 부지런한 냥반여. 올겨울은 까딱없겠슈."

뒤꼍에 쌓아 놓은 장작도 한가득이고 뽀갤 것도 한가득이니, 찬물에 짠지 얹어 밥 한술 뜬 명암 할매가 다시 나와 칠월 더위를 온몸으로 받고 있다.

퉁퉁장

청국장

    아름다운 봄날, 해서 살구 꽃잎이 흩날리는 봄날, 정구 아버지가 바지를 걷어붙이고 허튼모를 심고 있었다.

    정구 아버지는 탄광에서 막장꾼으로 일했다. 어느 날, 어머니가 꿈에 나타나 문을 열쇠로 꼭꼭 걸어 잠그며 나가지 말라고 신신당부를 하셨단다. 그렇게 뒤숭숭한 마음으로 막장에 들어갔다는데, 하필이면 교대하자마자 가스가 폭발해 들고 간 점심밥을 사잣밥으로 들이밀 뻔했다고. 운도 타고나야 산다는데, 정구 아버진 구사일생으로 다리만 다쳐 실려 나왔다.

    그 후 벼농사를 지어 보겠다고 정구 아버지가 논에 들었다. 그런데 어디서 나타났는지 정구 할아버지가 뒷짐을 지고 오다가 모심는 아들 모습을 보고는 혀를 찼다.

    "거서 뭐 하냐?"
    "모심는디유."

"그니께 허는 말 아녀. 왜 허튼모를 심고 지랄이냐고. 헐 일 읎으믄 느 잘허는 퉁퉁장이나 끓여. 뭣허러 그러냐구. 심을 때 반듯해야 거둬들일 때도 잘 거둬들이는 거지, 너처럼 심으믄 올매나 심든지 아남? 언능 나와. 뭔 일인지 모르겠네. 기냥 가만히나 있으믄 욕이나 안 먹지. 참말로 벨일이여."

옆에서 이 말 저 말 듣고 있던 어린 나는 뭣도 모르고 히죽 웃다가, 정구 할아버지한테 꿀밤을 한 대 맞았다.

퉁퉁장은 청국장이다. 이 퉁퉁장을 정구 아버지가 참 잘 끓였다. 나도 여러 번 먹었는데 울 엄니가 끓인 것보다 맛있었다. 퉁퉁장 맛이야 다 똑같다고 생각하겠지만 정구 아버지의 퉁퉁장은 달랐다. 지푸라기도 비료, 농약 하나 안 쓴 찰배기논에서 난 것만 썼다. 콩과 지푸라기를 좋은 걸 써야 장이 잘 뜬다는 정구 아버지 나름의 철학이 들어 있었다.

정구 아버지는 당신 어머니의 손맛을 그대로 이어받아 음식을 곧잘 하시는데, 특히 퉁퉁장 맛을 그대로 물려받았다. 정구 아버지가 군대에 있을 때, 어머니가 밭에서 일하다 쓰러져 돌아가셨다는 연락을 받았다. 정구 아버지 철원에서 산 넘고 물 건너 집에 오니 어머니는 병풍 뒤에 계시고, 아버지는 울다가 담배만 연거푸 피웠다. 어머니 임종도 못 본 정구 아버지는 내내 밭 귀퉁이를 맴돌다가 군대로 돌아갔다는 얘기.

소설처럼 기구한 이야기는 끝없이 이어지고, 어디 정구 아버지 같은 사람이 한둘일까? 하지만, 그래도 우린 살아간다. 자연이 스스로 그러하듯이 우리도 그렇게 흘러간다.

행길

도로

"저짝 행길로는 절대 나가지 말어."

고개만 주억거리는 손자를 마지못해 손으로 잡아당겨 행길 쪽을 바라보게 한 연기 할아버지.

연기 할아버지는 연기군에 살았다. 고향 마을 두고 연고 하나 없는 이곳까지 어떻게 오게 됐는지 알 수 없었다. 그저 어린 손자만이 유일한 혈육이라는 것뿐.

할아버지 손자는 뇌에 이상이 있다고 했다. 편마비도 있는 것을 보면 뇌성 마비일 것이라는 이야기가 분분했다.

1980년대에 무슨 재활 치료를 제대로 받을 수 있을까. 아이는 마당에서 놀다가 할아버지 손잡고 구멍가게 가는 일이 고작이었다. 친구도 없었다. 우리들은 그 아이를 멀리했고 그 애는 제풀에 거꾸러지곤 했다.

하루는 마을 사람들이 측백나무에 앉은 참새 떼처럼 시끄러웠다. 무슨 일인가 싶어 어른들 틈에 끼었는데, 그 아이가 죽었다는 것이다. 그 아이가.

　행길 쪽은 절대 나가지 말라던 할아버지의 당부를 알아듣지 못했다. 할아버지가 옆집 앵두나무 할머니께 아이를 맡기고, 잠깐 일 보러 나간 사이에 벌어진 일이었다. 아이는 행길 한가운데 피가 흥건한 채 쓰러져 있었다고 한다. 트럭에 치였다는데, 할아버지는 내내 소리 없이 우셨다. 그러고는 한숨처럼 "나가 자식 복도 읎는디 무신 손자 복이 있겄어." 내뱉었다.

　사람 사는 일이 그저 바람일 때가 많다. 이차 저차 저승 간 분들도 내겐 바람이었다. 때론 꽃바람이었다가, 소소리바람이었고, 건들바람이었으며, 갈바람이었고, 고추바람이었다.

　모든 것들이 바람처럼 살다 가는데 무엇을 꼭 부여잡고 있어야 하는지, 더운 날 시원한 마파람이라면 참 좋겠다는 생각이다.

황발이

농게

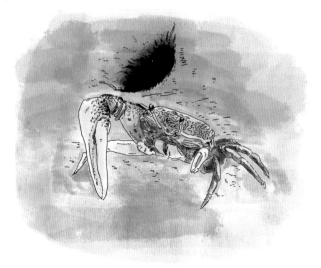

섬 아저씨는 오른손이 없어 의수를 끼고 다녔다. 노름으로 전답 다 날리고 무너져 가는 집까지 날려 처자식 길거리에 나앉자 마음 고쳐먹고 살겠다고 작두로 잘랐다는 손. 참말인지 거짓말인지는 모르지만 아저씨는 누르스름한 의수를 끼고 있었다.

섬 아저씨는 뱃사람이었다. 하지만 한쪽 손이 없으니 배도 못 타고, 동네 이장이 얻어 준 집에서 매일 빙빙 돌았다.

어느 날인가 아저씨가 양동이를 들고 뻘로 나갔다. 집에서 노느니 뭐라도 잡아 보겠다고 나선 것이다. 한데, 이 아저씨가 반

나절도 안 돼서 황발이가 가득 든 양동이를 흔들며 돌아왔다.

그 빠른 황발이를 어떻게 잡았는지 의아해서 한참 동안 아저씨와 황발이를 번갈아 바라봤다.

"오째 잡었나 궁금허남? 나가 황발이여. 이 손이 황발이 집게라고."

팔을 들어 의수를 흔들던 아저씨가 양동이에 물을 부었다. 그러고는 황발이에 묻은 뻘을 닦아냈다.

"잡는 벱이 있당께. 왼손은 거들 뿐이여. 다 이 오른손이 헌겨."

아무 느낌이 없는 의수의 힘을 황발이 잡는 데 쓰고 있는 아저씨. 장날이면 황발이를 들고 나가 살림에 보탬이 되기를 바라고 있었다.

황세기

황석어, 황강달이, 깡시젓

젓갈 중에서도 황세기젓은 아주 맛이 좋은데, 참조기 새끼가 바로 황세기다. 우리 외갓집은 5월이나 6월쯤에 잡은 참조기에 소금을 켜켜이 뿌려 놔뒀다가 겨울에 달여 그 액젓으로 김장을 담갔다. 김장에 넣는 멸치젓이나 황세기젓이나 그 맛이 그 맛이라는 이도 있겠지만, 황세기젓으로 담근 김치를 씹다 보면 아주 깔끔한 뒷맛이 따라온다.

외갓집 근처에 살다가 이사 간 방앗간집 할머니는 시집와서 먹어 본 황세기젓에 빠져 평생 토굴 젓갈을 담가 팔았다. 새우젓, 황세기젓, 멸치젓, 반지젓, 밴댕이젓, 눈치젓 등을 팔았는데, 무릎 수술을 받은 뒤에는 다 접었다. 그런데 방앗간집 할머니를 우연히 한의원에서 만났다.

"아주 지글지글혀. 비가 철철 내리는구먼 왜 우산을 안 들고 가는 겨? 잉? 나가 꼭 이걸 가지러 다시 집으로 가야 쓰는 겨?"

방앗간집 할머니가 먼저 와서 다리 마사지 기계를 하고 앉아 있는 할아버지에게 애먼 소리를 질렀다.

가을비가 여름비처럼 오지게 내렸다. 그 비를 우산을 쓴 채로 다 맞고 온 할머니가 괜스레 뿔따구니가 나서 화풀이를 하고 있었다. 그래도 할아버지는 마스크를 벗지 않은 채로 가만히 앉아 있었다. 분위기를 보아하니 한마디 했다가는 뼈도 못추릴 판이었다.

"내 속이 젓이여. 아주 곰삭아서리 짜. 저 영감탱이가 요래 맹글어 놨다니께. 나가 이래저래 속이 말이 아녀. 그라구 온제꺼정 침을 맞아야 쓰는 겨? 죽을 때꺼정 맞아야 허남?"

한바탕 퍼부은 할머니는 침 맞으러 들어가고, 다리 마사지 끝난 할아버지가 호랑(호주머니)에서 이천 원을 꺼내 할머니 침값을 냈다. 그래도 할머니 속을 아는 건 할아버지뿐이다.

황세기젓은 나에게는 외갓집에서 먹었던 어린 추억의 맛이고, 엄니에게는 당신 엄니에 대한 그리움이다. 방앗간집 할머니에게는 지글지글한 맛이겠지만, 무를 수 없는 삶인 것을. 우리네 인생도 젓갈처럼 곰삭아 간다.

충청도 마음사전

2023년 6월 5일 1판 1쇄 펴냄

지은이	박경희
펴낸이	김성규
편집	김안녕 신아영 한도연
그림	김동선(gimdii)
펴낸곳	걷는사람
주소	서울특별시 마포구 월드컵로 16길 51 서교자이빌 304호
전화	02 323 2602
팩스	02 323 2603
등록	2016년 11월 18일 제25100-2016-000083호
ISBN	979-11-92333-87-8
	979-11-89128-13-5 [04800] 세트